Mamas kleine Türkeikunde USW

AF191885

Traute Leschke

Mamas kleine Türkeikunde USW

– Zwischenmenschliche Impressionen –

Bibliografische Information der Deutschen Nationalbibliothek
Die Deutsche Nationalbibliothek verzeichnet diese Publikation in der
Deutschen Nationalbibliografie; detaillierte bibliografische Daten
sind im Internet über http://dnb.d-nb.de abrufbar.

© 2010 **Traute Leschke**
Satz, Umschlaggestaltung, Herstellung und Verlag: Books on
Demand GmbH, Norderstedt
ISBN **978-3-8391-5582-0**

Merhaba, wie geht es Dir ? - Istanbul im Schnelldurchgang -

Helmut hatte Schuld, Helmut, der Reiseleiter, der uns auf unserer ersten Türkeireise begleitete. Uns dabei diese Tausend-Und-Eine-Nacht-Stadt so nahe brachte, dass sie für immer einen festen Erinnerungsplatz in meinem Gedächtnis behielt. Und uns damit den Zugang zu einem Land eröffnete, einen ganz kleinen Zugang, das bei uns daheim auf eine seltsame Weise als ganz fernes Land behandelt wird. Dabei leben und arbeiten bei uns seit Jahrzehnten mehrere Millionen Türken in den Fabriken und Geschäften, haben reihenweise eigene Läden und Existenzen eingerichtet. Ihre Kinder sind hier geboren, verstehen unsere Sprache besser als das Türkisch, sind jetzt Wanderer zwischen zwei verschiedenen Welten. Das Land ihrer Väter ist für sie mehr oder weniger Urlaubsland geworden, wie für uns auch. Und doch tun wir ständig so, als gäbe es sie nicht, unsere türkischen Mitbürger.

Helmut war ein sehr sympathischer Mann, freundlich, höflich, kompetent und irgendwie kuschelig. Und ich höre einem freundlichen, kuscheligen Mann gerne zu. . Seine Art machte es uns leicht, das zu glauben, was er uns vermitteln wollte.

Birgit und ich flogen in Istanbul ein, 3 Tage Bukarest, 3 Tage Istanbul, so eine Spezial-Städtereise. Zu einer Zeit, als man Bukarest noch als eine internationale Stadt bezeichnen konnte, bevor sich dort der totale Untergang vollzog.

Bevor ich Istanbul erlebt hatte, war ich fest davon überzeugt, überall schlafen zu können. Welch ein Irrtum. In Sechserreihen fuhren die Autos durch die Stadt, laut und rumpelig, hupten beim Überholen. Dazwischen mischten sich Eselskarren und Pferdegespanne. Die Autos sahen so klapprig aus, als würden sie jeden Augenblick auseinander brechen. Aber sie hielten irgendwie. Sie liefen, liefen, liefen. Überholten sich gegenseitig. Krachten aber nicht gegen einander.

Helmut legte uns dringend ans Herz, als Frauen abends nicht alleine das Hotel zu verlassen. Nur in der Gruppe an Veranstaltungen teil zu nehmen. Dann entließ er uns in unsere Zimmer. Birgit und ich wollten uns vom Straßenlärm abschirmen. Wir versuchten, die Jalousie herunter zu ziehen. Die war aus Holz, fiel herab und beinahe auf unsere Köpfe.

Nach einem Essen im Hotel, das aus sehr vielen leckeren kleinen Gerichten mit viel Gemüse, Fisch, fremden Gewürzen zubereitet war, stand die Stadtrundfahrt auf dem Programm. Ich wollte mich drücken, weil mir der Tag- und Nachteinsatz in Bukarest noch in den Knochen lag. Also fragte ich Helmut, ob ich wohl etwas versäumen würde, wenn ich mich vor der Rundfahrt drückte. Er fragte kurz zurück: »Glaubst du, dass du bald wieder nach Istanbul kommst?« Ich sagte »Nein« und krabbelte in den Bus für die Stadtrundfahrt. Wir besuchten alles, was man in Istanbul per Bus oder zu Fuß erreichen kann, die Süleymann-Moschee, die blaue Moschee, den Topkapi-Palast, die Haga Sophia. Und als wir so richtig im Stau der Innenstadt steckten, fiel Birgit ein, dass sie Safran nicht verträgt. Safran war in den vielen kleinen Vorspeisen enthalten, die wir gegessen hatten. Ihr wurde schlecht, aber der Bus konnte nicht anhalten. Die Reisegruppe suchte Papiertaschentücher und Zeitungsreste zusammen und leistete Birgit Erste Hilfe. Sie ist sicher eine der ganz wenigen Touristinnen, die in die Gartenanlage des Hippodrom gespuckt hat. Mein Magen rührte sich nicht.

Während Birgit nach unserer Rückkehr ins Hotel sämtliche Medikamente gegen Übelkeit aus unserer Reiseapotheke schluckte, saß ich mit Helmut an der Hotelbar und ließ mich in die Geheimnisse des Raki mit Wasser einweihen, das ist der einheimische Anisschnaps. In unserer Reiseapotheke gab es auch einige Tabletten Valium, keine Ahnung, warum wir die eingepackt hatten. Aber in dieser lauten Stadt erschienen sie uns wie eine Rettung, um etwas Schlaf finden zu können. Birgit und ich schluckten jede eine halbe Tablette. Dann wickelten wir uns Tücher um unsere Köpfe, um uns vor dem Straßenlärm abzuschirmen. Nichts half. Die Geräuschkulisse blieb die ganze Nacht gleich stark, ließ nur einen leichten Dämmerschlaf zu.

Am nächsten Morgen ging es auf den großen Basar, einen riesigen Markt unter Gewölben. Klar gibt es in Istanbul Teppichhändler, sie gehören hier einfach dazu. Und diese Teppichhändler haben es mir immer sofort und auf der Stelle angetan. Glanz und Schönheit in Wolle und Seide, feinste Knüpfarbeiten, Farbenpracht und Atmosphäre, die mich total ausflippen lassen. Das ist für mich Orient pur. Teppichhändler müssen etwas an sich haben wie Pferdehändler früher in unseren Dörfern oder Bananenverkäufer auf dem Hamburger Fischmarkt. Sie sind Verkaufspsychologen aller erster Güte. Ich hockte zwischen den aufgehäuften Prachtstücken aus Wolle und Seide und murmelte in mich hinein: »Halte das Scheckbuch fest, halte das Scheckbuch fest«. Birgit schubste mich wieder ans Tageslicht. Und wir gingen in die nächste Basarstrasse, den Goldbasar. In die nächste Katastrophe, einfach der schiere Wahnsinn. Das war ja, als ob man in der Schatzkammer der Königin von Saba unterwegs war. Birgit hatte genaue Vorstellungen. Sie wollte eine Türkisnadel in Goldfassung erwerben. Was heißt kaufen, sie wollte sie erhandeln. Das gehörte für sie zur Türkei dazu. So zogen wir von einem Goldwarenhändler zum nächsten. Sie feilschte wie verrückt, mir waren diese Händler unheimlich. Sie feilschten entsprechend mit, dramatisch, wortreich, lebhaft. Überall reichte man uns türkischen Kaffee. Ich hatte immer den Ausgang im Auge, denn aus diesen Goldhöhlen wollte ich wieder lebend heraus. Was uns irgendwann auch mühelos gelang, als Birgit sich endlich zum Kauf einer kleinen Nadel entschlossen hatte.

Dann mussten wir unbedingt noch in den Gewürzbasar, das war ein ganz schwach erleuchtetes Gewölbe. Mit Öllampen. Und riesigen Tischen mit Gewürzen. Als ich das Gefühl hatte, dass mir eine fremde Hand merkwürdig zärtlich über meinen Hintern strich, zog ich Birgit ganz schnell wieder aus diesem Gewölbe ans Tageslicht.

Helmut sammelte seine Reisegruppe vor dem großen Basar wieder ein und brachte sie mit dem Bus zurück ins Hotel. Aber nicht etwa, um auszuruhen. Er lieferte die übrigen Gäste ab und lud Birgit und mich in ein Taxi. Seiner Meinung nach sollten wir unbedingt noch gemeinsam den Fisch- und Gemüsemarkt von Istanbul ansehen. Wie gesagt immer unter dem Motte: »So bald wirst du nicht wieder nach Istanbul kommen!« Ich zottelte immer brav mit. Wir stiegen aus dem Taxi. Helmut stoppte ganz sicher mit erhobener Hand die 6-reihige Autokolonne und führte uns über die Strasse zum Fisch- und Gemüsemarkt. Das war wieder prächtig, was dort anzuschauen war. Fische aller Größen und Sorten, Obst und Gemüse in allen Variationen. Und zwischen den Fischen saßen ganz friedlich Katzen, mitten auf den Fischtischen. Niemand jagte sie fort.

Dann folgte ein Tag mit einer Schifffahrt auf dem Goldenen Horn zum Bosporus.

Vorbei an all den prächtigen alten Gemäuern, ehemaligen Palästen und Häusern reicher Leute, bis hin nach Asien. Das war das andere Bosporusufer. Und wir kriegten eine Urkunde mit Bestätigung, dass wir von Europa nach Asien eingereist waren. Der Bosporus trennt oder verbindet die beiden Erdteile.

Helmut und ich standen ganz still bei einander auf dem Schiff, schauten auf die traumhafte Umgebung und wussten, dass es drei zauberhafte Tage gewesen waren.

Nicht mehr. Aber so was von schön. Abends saßen wir wieder alle in einem tollen Lokal irgendwo am Bosporusufer. Sahen den Bauchtänzerinnen zu und türkischen Familien. Eine Familie feierte den Geburtstag eines kleinen Mädchens, vielleicht drei Jahre alt, das aussah wie eine

Käte-Kruse-Puppe. Alle Männer und Frauen waren laut und fröhlich, und das Kind in der Puppenaufmachung schaute vergnügt auf seine Verwandtschaft. Bis spät in die Nacht sah es kein bisschen müde aus. Über die Tische spazierten ganz selbstverständlich Katzen.

Oh, was waren wir kaputt, als wir heim kamen. Aber ganz ehrlich, Istanbul, das ist etwas ganz besonderes, so was wie ein Traum .

Was sagt uns der Name »Marmaris«

Also bestimmt, Istanbul ist einsame Klasse. Aber Marmaris, die Hafenstadt an der türkischen Ägäis, Marmaris ist auch nicht zu verachten. Birgit und ich landeten auf dem Flughafen Dalaman und wurden mit dem Bus zu einem gepflegten, kleinen Familienhotel an der Strandpromenade von Marmaris gebracht. Ein Fußweg führte vom Hotel am Strand entlang, vorbei an vielen kleinen Pinten und Geschäften und Händlerbuden bis zur Innenstadt mit dem Basar. Und diesen Weg sind wir drei Wochen lang täglich geschritten, einmal vormittags, einmal abends. Immer vom Hotel in Richtung Stadt und zurück. Über ein holpriges, löchriges Pflaster, bis uns die Sohlen schmerzten. Wir erlagen einem Kaufrausch.

Zunächst aber frühstückten wir auf der wunderschönen Terrasse unseres Hotels mit Blick auf die Bucht von Marmaris. Dann wanderten wir los. Vor dem Eingang zum Basar gab es ein Cafe. Unsere erste Station. Hier tranken wir türkischen Kaffee. Wir schauten auf den Hafen, auf den lebhaften Schiffsbetrieb in der Bucht. Vor uns auf der

Straße liefen Menschen eilig hin und her, wir mussten sie nur beobachten. Dann ging es in die Basargassen. Mit den Lederwarenhändlern, mit den Seidenblusenständern, mit T-Shirttischen, mit Schmuckläden, Gold- und Teppichverkäufern. Nachmittags war erholen angesagt, wir lagen auf Holzpritschen am Ufer und blinzelten auf das Meer. Und abends, nach dem Essen auf der Terrasse mit einem Büfett voller köstlicher, kleiner Gerichte, viel Gemüse, da wanderten wir wieder am Meer entlang und tranken unseren Kaffee mitten auf dem Basar. Dazu bestellten wir uns türkisches Gebäck und sahen dem Teppichhändler zu, der seine prachtvolle Ware im Licht ausbreitete und die Kunden zum Kaufen anlockte. Nie gingen wir auf den Basar, um etwas zu kaufen. Aber immer wieder trugen wir in einer Plastiktüte Kleinigkeiten wie Schätze ins Hotel. Weil doch alles so preiswert für uns war.

Ein Tuchhändler vermittelte uns weiter an eine türkische Schneiderin, nachdem wir bei ihm einen Seidenstoff gekauft hatten. Dies Erlebnis wollten wir uns nicht entgehen lassen. Eine ältere Frau, die sicher nur so älter aussah, kam in den Laden und winkte uns, ihr zu folgen. Sie schlurfte in Filzpantoffeln vor uns her durch mehrere Basargässchen. Dann ging es in einem alten Haus eine Stiege nach oben und wir waren in ihrem Schneideratelier. Das war ein karges, arg staubiges Zimmer mit einem Fenster zur Strasse. Es gab einige uralte Nähmaschinen und Stapel zerfledderter Modezeitschriften älteren Datums. Wir durften darin blättern und uns ein Modell aussuchen. Sie, die Schneiderin, nahm Maß an uns, überwiegend Augenmaß. Machte sich Notizen in einem Büchlein, ließ sich von uns den Seidenstoff vom Basar aushändigen und entließ uns bis zur Anprobe. Ich hatte ein sehr schlichtes Modell gewählt. Das Atelier hatte mich nachdenklich gestimmt. Birgit wählte ein zweiteiliges, aufwendiges Kleid. Nach einer Woche gingen wir zur Anprobe und konnten unsere neuen Gewänder im Rohbau überstülpen. Ein paar Tage später waren es dann richtige Kleider. Die Nähte waren für meinen Geschmack ein wenig unegal. Sie wurden mit verschiedenfarbigem Garn zusammen gehalten. Diesmal trugen wir also richtige Kleider in der Plastiktüte ins Hotel.

Wir kämpften uns 3 Wochen durch den Basar von Marmaris. Aber es gelang uns nicht, die überquellende Fülle der Angebote nachhaltig zu reduzieren. Unsere Koffer hatten auf dem Heimflug das Ausmaß von Umzugswaggons. Unsere Familienmitglieder und unsere Freunde trugen in den nächsten Wochen T-Shirts von Chanel, Polohemden von Lacoste, Stück 5,-- DM. Und die weißen Socken, die ich mitbrachte, reichten für Jahre. Ich musste sie einfach den Kindern abkaufen, die mit dem Sockenhandel zum Lebensunterhalt ihrer Familien beitrugen.

Viele Kinder arbeiteten, als Schuhputzer, als Teeglas-Träger, als Straßenhändler, als Hüter von Personenwagen, auf denen man für einige Münzen sein Gewicht kontrollieren konnte. Und das im Urlaub. Besser, man gab den Kindern ein paar Münzen, ohne sich mit der Gewichtskontrolle den Urlaub zu verderben. -

Nach Alexander dem Großen und vielen berühmten Leuten der Weltgeschichte besuchten auch Birgit und ich die alte, ausgegrabene Stadt Ephesos. Allerdings lagen zwischen diesen Besuchern und uns mehr als zwei Jahrtausende Weltgeschichte. Und wir reisten nicht mit Pferden an sondern in einem etwas rumpeligen Bus. Zusammen mit 40 anderen Touristen. Wir wollten nicht Teil der alten Geschichte werden. Die hatte bereits vor 2000 Jahren stattgefunden. Wir suchten nur nach Spuren dieser ganz großen Vergangenheit. Spuren, die sich überall an der türkischen Küste finden lassen, beeindruckende Spuren alter Kulturen.

Vor der Küste, da gibt es traumhafte Strände, an denen nachts Schildkröten ihre Eier legen. In den warmen, rollenden Wasserfluten kannst du schwimmen oder dich einfach überspülen lassen von den Wogen. Und wenn dann aus Schaum und Wellen plötzlich vor dir ein lächelndes Gesicht aus dem Wasser auftaucht, sich dir ein Arm, eine Hand entgegen streckt, mit dir gemeinsam eintaucht in dieses Meer, dann fühlst du dich für einige Minuten ganz toll und glücklich und außerhalb deiner Zeit. Dann ist dir etwas ganz Wunderbares passiert, etwas wunderbar Wunderbares.

Die Türkei zum Anfassen

Kinder erlernen ihre Welt, indem sie sie begreifen. Sie fassen jedes Stück um sich herum an. Manche Erwachsene behalten so ein Stückchen Kind in sich, auch sie versuchen zu begreifen, was um sie herum passiert. Nur heißt es dann Information. Um die Türkei auch nur ein Stückchen begreifen zu können, muss man sich auf seine Kindermentalität besinnen. Vielleicht auch etwas lesen, z. B. »Die Geschichte des Orients« oder »Alexander der Große«. Das gibt den Bezug zu den Klamotten, die in der endlosen Strandregion entlang der Türkischen Küste zwischen allerschönsten Stränden immer wieder auftauchen, die antiken Ausgrabungen. Oder du fährst einfach hin und sprichst mit den Menschen.

Marlies erreichte Antalya gegen 22. 00 Uhr mit dem Flugzeug aus Hamburg. Sie rollte ihren Koffer am Zoll vorbei und suchte nach dem Bus in Richtung Alanya. Sie standen aufgereiht, wie an jedem Flughafen, an dem Charterflüge ankommen, die abgewetzten, schlecht gepolsterten Zubringerkarossen zu den Hotels. Man muss schon eine besondere Begabung haben, wenn man bei diesem Reisesystem verloren gegen will. Marlies ging nicht verloren. Sie gab dem Busfahrer ihren Koffer und kletterte in den Bus.

Draußen war es dunkel. Trotz größter Anstrengung konnte sie nur hin und wieder ein Stück Meer rechts neben der Strasse erkennen. Sie fuhren die Küstenstrasse entlang in Richtung Süden. Und dann ein Stück durch eine Stadt, das musste Alanya sein. Dann wieder ein Stück Strasse am Meer entlang. Diesmal voller Hotelbauten, rechts wieder Strand und Meer. Wasserwagen besprühten die Strassen von Alanya.

Marlies dachte an Infektionsmittel, die ausgesprüht wurden: Vielleicht war eine Seuche ausgebrochen. Aber es waren einfach Wasserwagen gegen Straßenstaub, denn es hatte seit Monaten nicht geregnet. In ihrem Hotelzimmer fand sie einen kleinen Mitternachtsimbiss vor, Käse, Weintrauben, Weißbrot, eine kleine Flasche Wein. Das sah schon mal recht gut aus. Marlies aß mit Genuss und beschloss, Alanya zu mögen.

Zum Strand vor dem Hotel musste man die Hauptstrasse überqueren. Dann gab es Liegestühle, Sonnenschirme, einen Kiosk für Kaffee und Schnaps. Über den Strandhimmel schwebten bunte Gleitschirme, an denen Touristen hingen. Die Septemberluft war lau und wohlig. Ab und zu ein Wölkchen. Vor dem Hotel parkte eine Pferdekutsche. Der freundliche Kutscher lächelte Marlies bereits ab dem zweiten Tag an und schien nicht abgeneigt, eine Freundschaft auf Zeit mit ihr zu beginnen.

Die Altstadt und den Basar erreichte man zu Fuß in 10 Minuten. Über der Altstadt auf dem Berg gab es eine Burg und am Ende der Stadtmauerreste den Roten Turm, ein Gemäuer, das sicher einmal zum Schutz der Stadt vor Piraten gebaut worden war. Vor Jahrhunderten.

Marlies zog es in die Altstadt, in den Basar. In die Fülle von T-Shirts, Taschen, Teppichen und Gold. In das Gewimmel von Menschen, von Händlern, von Touristen. In die Cafes. Was ist so ein Straßencafe. Ein paar Holzhocker, ein blanker einfacher Holztisch davor, eine winzige Küche, in der der Wirt den Kaffee zubereitet und sofort serviert, wenn man sich auf dem Hocker nieder gelassen hat. Weil man bereits am dritten Tag Stammgast ist. Im Urlaub geht die Zeit eben ganz schnell. Auch im Hotel. Da sind die Menschen aus Deutschland plötzlich sehr aufgeschlossen. Es bilden sich freundschaftliche Beziehungen in kürzester Zeit. So mit den drei Bayern, zwei Frauen, ein Mann. Sie waren auch dabei, das Land zu begreifen. Abends gab es dann den

Austausch von Erlebnissen und Anregungen. Und den Rat, das türkische Bad zu besuchen.

Marlies nahm am nächsten Morgen ein Taxi und ließ sich zum Türkischen Bad fahren. Da gab es die Möglichkeit, in eine gemischte Gruppe oder in eine Frauengruppe zu gehen. Oder in eine Männergruppe, wenn man ein Mann ist. Marlies entschied sich für die Frauengruppe für 30,- -DM. Zunächst kam man in den Umkleideraum. Dort wies eine Türkin auf ein Umkleidefach und sagte: »Ausziehen !« Marlies ließ alles, was sie an hatte und mit hatte, im Fach verschwinden. Die Türkin bedeutete mit Handzeichen, ihr zu folgen. Es ging in einen Kuppelbau, dessen Mitte ein riesiger Marmortisch ausfüllte. Um den Kuppelbau herum gab es an den Wänden steinerne Sitzbänke und Wasserhähne und Wassereimer. Die Sitzbänke waren warm. Marlies konnte sich dort hinsetzen und aufwärmen. Dann kam eine andere Türkin, die ihr bedeutete, sich auf den Tischrand, auf den Marmortischrand zu setzen. Auch der fühlte sich wohlig warm an. Die Türkin begoss sie mit Wasser aus einem Eimer . Dann zog sie ihr T-Shirt aus und stand nun ohne Oberteil vor ihr, in der Hand einen Riesenbeutel mit Kernseife. Marlies musste sich auf den Marmortisch legen und wurde von der Türkin eingeseift, dass es nur so schäumte. Einmal die Vorderseite, einmal die Rückseite. Auch die Haare. Sie drehte sich vorsichtig, um nicht von dem seifigen Marmortisch zu rutschen. Die Türkin nahm nach dem Einseifen einen rauhen Handschuh und schrubbte Marlies gründlich damit ab.

Sie massierte ihre Haut von der Fußspitze bis zu den Haarwurzeln. Ihr Körper wurde durchblutet, sie fühlte sich unheimlich wohl. Dann wurde sie mit mehreren Eimern

Wasser abgespühlt und in einen kleinen Raum mit Massagebetten geführt. Erwartungsvoll ruhte sie vor sich hin und wartete auf das nächste Ereignis. Nun erschien eine andere junge Türkin mit einer Ölflasche. Sie rieb Marlies mit Öl ein und begann sie zu massieren. In kleinen Kreisen, jeden Zeh, jedes Stück Haut, von den Füßen bis zur Stirn. Wenn es irgendwo ein Stück irdischen Himmel gibt, dann findet man ihn in einem türkischen Badehaus. Unendliches Wohlfühlen für 30,00 DM. Die junge türkische Frau lächelte sie an, Marlies lächelte zurück. Sie sah jetzt aus wie eine nasse Katze, fühlte sich aber so gut wie eine junge Katze im Sonnenschein auf der Fensterbank. Sie kleidete sich an und ließ sich mit dem Taxi zum Hafen an der Altstadt fahren. Dort setzte sie sich auf eine Bank, schaute auf das Wasser, die Schiffe, die Altstadtmauer, den roten Turm und fand das Leben wunderschön. Ein junger Mann mit einem Fotografierkamel fragte sie, ob sie ein Foto mit Kamel wünschte. Oder eine Verabredung mit ihm später. Aber sie wollte nur ihre Haare trocknen lassen in der Sonne. Danach ging sie in die Altstadt, aß Fisch und trank köstlichen Weißwein.

An einem anderen Tag machte sie eine Bustour mit, die in ein türkisches Dorf führen sollte. Es waren dort roh gemauerte Häuser und Kühe, die an einen schilfgedeckten Verschlag angebunden waren. Es konnten aber auch getrocknete Blätter und Zweige die Dachabdeckung sein. Die Reisegruppe wurde in eines der Häuser geführt. Auf der Schwelle zog jeder Gast die Schuhe aus, denn eine türkische Wohnung betrit man auf Socken. Alles sah sehr sauber aus. Man konnte auf Kissen auf dem Boden sitzen und bekam von einer jüngeren Frau Tee serviert. Und man gab ein wenig Geld für diesen Einblick in ein Privathaus. – Vor dem Haus wartete eine Kindergruppe auf die Besucher. Ein etwa zehnjähriges Mädchen mit ernsthaftem Gesicht, mit aufmerksamen Augen, fragte Marlies nach ihrem Namen und nannte ihren eigenen Namen. Sie machten sich mit einander bekannt, die deutsche Frau und das türkische Mädchen. Sie befreundeten sich mit einander während dieser halben Stunde vor dem roh aussehenden Haus und dem Verschlag mit den angebundenen Kühen. Das türkische Mädchen begleitete die deutsche Frau dann an den Bus. Die anderen Kinder folgten in einem kleinen Abstand. Marlies stieg ein und winkte dem Kind zu. Und das Kind mit dem ernsthaften Gesicht und den aufmerksamen Augen winkte zurück, bis der Bus aus ihrem Dorf verschwunden war.

Am nächsten Vormittag wanderte sie wieder zu ihrem Altstadt-Cafe. An den Holztischen fanden sich immer schnell Gesprächspartner. Oder es saßen dort einfach die Zeitungsleser. Einer der Zeitungsleser stellte sich vor als Dschingis (ohne Khan). Nachdem er seine Zeitung gesenkt hatte und einen Plausch mit Marlies begann. Sie sprachen über Alanya, über das schöne Herbstwetter, über den Strand. Und Dschingis bestätigte ihr, dass es hier sehr schön sei. Aber er hatte einen Freund, teilte er ihr mit, einen Freund mit einer kleinen Pension an einem anderen Ort in der Türkei. Ein bisschen weiter nördlich. Einen Freund mit einer kleinen Pension in der Hafenstadt Fetiye. Und dort, in Fetiye, gibt es den schönsten Strand der Türkei, sagte Dschingis. Marlies erhielt eine Visitenkarte mit der Adresse des Freundes von Dschingis, der die kleine Pension in Fetiye hatte. Und sie steckte sie zu all den Papieren, Eintrittkarten, Postkarten, die sie bei ihren Ausflügen immer sammelte.

Mit Bernhard nach Fetiye

Marlies zeigte Bernhard die Visitenkarte mit der Adresse der Pension, die dem Freund von Dschingis gehörte. Bernhard fand das interessant. Natürlich wollte er mit Marlies dorthin. Und so schrieb sie an den sehr geehrten Herrn Gülsen, Nil-Pension in Fetiye und kündigte ihren Besuch an. Und der sehr geehrte Herr Gülsen, der Sebahi mit Vornamen hieß, sich aber Sep nannte, meldete sich kurzfristig telefonisch. Er würde sie gerne am Flughafen in Dalaman abholen. Sein Deutsch war einwandfrei. Er hatte in Deutschland studiert, war Bergbau-Ingenieur. Nach Jahren in Deutschland, nach jahrelanger Tätigkeit im Bergbau, ließ er sich seine Sozialversicherungsbeiträge auszahlen und ging mit seiner Frau Yasa und seinen beiden Söhnen zurück in die Türkei. Als er im Bergbau am Schwarzen Meer keine Arbeit fand, pachtete er die Nil-Pension in Fetiye. Man zahlte bei ihm für die Übernachtung und Halbpension 25,-- DM/Tag.

Es waren die letzten Tage im April, als sie ihre großen Koffer durch die Zollkontrolle des Flughafens Dalaman rollten . Und sie erkannten ihn sofort, Sep Gülsen, den nicht sehr großen, rundlichen Mann, der sie wie alte Freunde begrüßte. Er führte sie zu einem etwas schrottigen Auto. Wozu ein neues Auto kaufen bei diesen schlechten Straßen, das lohnt sich wirklich nicht, erklärte er ihnen. Eingehüllt in eine Staubwolke ging es in Richtung Fetiye.

Die Nil-Pension bestand aus zwei Häusern. Ein Haus lag an der Carsi-Straße, der Eingang führte über eine Treppe nach unten auf eine Terrasse. Denn die Carsi-Straße lag etwas erhöht. Der zweite Hauseingang lag an der Atatürk-Straße, etwas bergab hinter dem Vorderhaus. Beide Häuser waren an der Rückfront mit einander verbunden durch Treppen und Stiegen und einen kleinen Garten mit ein paar verwilderten Bäumen und Rosen.

Bernhard und Marlies erhielten ein Zimmer im Haus an der Atatürkstraße. Das war ausgestattet mit zwei Betten, bequem und mit festen Matratzen und einem Zusatzbett, auf das sie die Koffer legten. Von der Decke hing eine Glühbirne herab, vor dem Fenster gab es eine Art Gardinenrest. Zum Zimmer gehörte eine Toilette mit Dusche als Einheit. Wenn man duschte, stand auch das Toilettenbecken unter Wasser. Im Fußboden befand sich ein Ablauf. Warmes Wasser kam aus dem solarbeheizten Behälter auf dem Dach. Elektroleitungen verbanden die Häuser frei schwebend. Treppengeländer waren unbekannt. Gegessen wurde unter dem großen Baum auf der Terrasse des Vorderhauses. Sep nahm alle Wertsachen in Verwahrung, irgendwo im vorderen Wohnhaus hatte er einen Tresor. Die Frühsommerabende waren schön und lau. Von der nahen Moschee wehte in regelmässigen Abständen die Singstimme des Muezzin herüber, der die Gläubigen zum Gebet rief.

Bernhard und Marlies hatten einen Riesenkoffer mit Utensilien, die man für einen Hotelaufenthalt für nötig hält.

Die meisten Gepäckstücke und feinen Kleider blieben un-
ausgepackt.

Sep war der Motor, der Kopf, das Aktivzentrum der Nil-
Pension, ein Hausvater, bei dem seine Gäste Rat und Schutz
suchten. Durch seinen langen Aufenthalt, sein Studium in
Deutschland, seinen ständigen Kontakt mit seinen Gä-
sten war er Deutschland sehr nahe geblieben, politisch
und wirtschaftlich, in seinem ganzen Denken. Yasa, seine
Frau, die mit ihm in Deutschland gelebt und dort gearbeitet
hatte, war das Herz der Pension, das Herz und die Seele.
Ruhig, freundlich und herzlich, immer umgeben von ei-
ner Katzenschar, regelte sie den Alltag des Unternehmens
Nil-Pension. Als Partnerin, als Geschäftsfrau, ohne viele
Worte. Sie traute sich nicht so recht, Deutsch zu sprechen.
Man musste sich ihr behutsam nähern. Sorgfältig berei-
tete sie die Speisen ihrer Gäste vor. Türkische Küche vom
Feinsten. Yasa wurde von ihren Gästen geliebt, ihre Wärme
glich mangelnden Hotelkomfort um ein Vielfaches aus.

Marlies notierte auf den leeren Blättern ihres Kalenders
nach dem Diktat von Yasa:

Zuccini-Pfannkuchen
Zuccini mit Reibe, große Löcher, zerkleinern. 3 Löffel
Mehl, 5 Eier, Petersilie, Salz,
in Öl braten.

Kalbfleisch-Rippe
Kalbfleich-Rippe mit Gemüsezwiebeln, Knoblauch, ganzen
Bohnen, Kartoffeln langsam schmoren lassen.

Auberginen

der Länge nach aufschneiden, oben zusammen lassen, die Mitte heraus schneiden, in Salzwasser garen, in Maismehl mit Salz wälzen, in Öl braten.

Knoblauchyoghurt

Yoghurt mit Gurke, Salz, Knoblauch, Dill und etwas Öl anmachen.

Türkische Nachspeise

1 l Milch, 1 Wasserglas Zucker, 1 Teeglas Mehl, 1 Teeglas Maismehl, 1 Paket Vanillezucker, 125 gr Rama. (Rama war Bestand aus Yasas Deutschlandzeit.)
Milch und alle Zutaten verrühren und langsam aufkochen. In eine flache Schüssel gießen. 3 Löffel Kakao, 4 Löffel Puderzucker, 1 Ei und 125 gr Rama verrühren und die Masse gleichmässig auf dem Pudding verstreichen. Mit Kokosraspel bestreuen. -

Sepp war Reiseleiter. Er bot seinen Gästen Ausflüge an. Auf der Grundlage eines Geschichtsbuches, das ein deutscher Professor ihm geschenkt hatte, als er abreiste. Marlies durfte sich mit Hilfe dieses Buches schlau machen.

Fetiye ist eine Stadt, in der die antiken Gräber bis in die Straßen hinein reichen. Das heißt, Straßen und Häuser wurden auf den alten Mauerresten und Grabstätten errichtet. Jeder Spaziergang ist ein Stück Wanderung durch die Antike. Fetiye ist eine Hafenstadt. Die Strände befinden sich außerhalb des Ortes. Du winkst am Straßenrand einfach einem Dolmus zu, der auf dein Handzeichen anhält. Das ist ein Kleinbus, zugelassen für 10 Personen, der mindestens 20 Personen befördern kann. Und lässt dich zum Beispiel über die Berge kutschieren nach Ölüdeniz, das heißt »Totes Meer«. Mit Allahs Hilfe schafft der Kleinbus die Strecke bergauf, bevor er dann auf der anderen Seite des Berges in eine Meeresbucht hinab fährt. Du erreichst einen Lagunenstrand, der einerseits durch einen Felsvorsprung vor dem Meer geschützt wird, der auf seiner Rückseite durch seine Zungenform eine Lagune entstehen lässt. Hier herrscht verträumte Ruhe am Wasser, die Meeresnähe lässt sich nur erahnen. Segler ankern in der Meeresbucht, wenn sie nachts Schutz mit ihren Booten suchen. Touristen liegen am Strand und schauen in den Himmel, beobachten bunte Gleitschirme, die von den Berghöhen herab schweben oder wandern zur Lagune und genießen hier die Stille dieser beeindruckenden Schöpfung der Natur.

Oder du wanderst von der Nil-Pension aus durch die Atatürk- Straße vorbei an der Moschee zum Hafen und trinkst bei Ayse einen türkischen Kaffee oder ein Bier. Ihre kleine Kneipe liegt am Beginn der Promenade. Und daneben hat Cenap seinen Teppichladen. Cenap ist ein Lehrer aus der Gegend von Ankara. Seine guten Deutschkenntnisse hat er sich selbst beigebracht. Seine Familie ist in Ankara geblieben. Im Winter kauft er Teppiche auf und im Sommer verkauft er sie an Touristen in Fetiye. Neben den Teppichzentren gibt es in der Türkei in vielen Familien Webstühle. Teppiche werden von den Familien zu Hause geknüpft. Die Bereitstellung der Webstühle war ein Arbeitsbeschaffungsprogramm des Staatsgründers Atatürk. Nach dem Zusammenbruch des Osmanischen Reiches führte er 1919 den Befreiungskrieg gegen die alliierte Besatzung an. 1923 wurde Ankara Hauptstadt des selbständigen Staates Türkei.

Atatürk setzte die Trennung von Staat und Religion durch. Das gilt auch heute noch. Atatürk verstarb 1938. Er wird auch heute als Held verehrt.

Marlies und Bernhard wanderten täglich zu Ayse und tranken ein Bier oder einen türkischen Kaffee. Dann ließen sie sich mit einem Dolmus nach Ölüdeniz oder an einen anderen Ort transportieren. Cenap setzte sich zu ihnen, wenn kein Kunde im Laden war. Ayse rauchte mit Marlies zusammen eine Zigarette, und sie fühlten sich alle wohl mit einander und schauten auf den lebhaften Hafen. Cenap zeigte Marlies seine Teppiche. Sie liebte es, in Teppichläden zu sitzen und sich über die Herstellung , ihre Herkunft , ihre Eigenart zu informieren. Ein Wollteppich hing an der Wand, 2 x 3 m, der gefiel Marlies. Cenap erklärte ihr, dass er im Gefängnis von Ankara geknüpft worden sei. Sehr feine Knoten. Den Herstellern war mitten in der Knüpf-arbeit anscheinend eine Wollsorte ausgegangen. Die eine Hälfte des Teppichrandes hatte einen gelblichen Grundton, die andere Hälfte war im Grundton rosafarben. Marlies verliebte sich in diesen seltsamen Teppich und kaufte ihn von Cenap, nachdem sie einige Tage darüber nachgedacht hatte, ob sie einen Teppich kaufen wollte. Sie gab ihm Euro-checks und er stellte ihr ein Certifikat aus. Er bestätigte ihr, dass es sich um einen Wollteppich aus der Provinz Kayseri handelte, original aus der Türkei. Und dann ging er mit dem Teppich zur Post und schickte ihn an ihre deutsche Adresse. Dort kam er vereinbarungsgemäß an.

Abends saßen sie alle wieder bei Sep unter dem großen Baum auf der Terrasse der Nil-Pension. Der einzige Bezug zu Ägypten war das Hauswandgemälde mit einer großen

Palme. Versammelt hatten sich Ina aus Bremen, Dorothee und Friedrich aus Köln, Bernhard und Marlies aus Schleswig-Holstein. Yasa servierte das Essen, auf Wunsch ihrer Gäste immer türkische Küche. Aber sie selbst setzte sich nie mit an den Tisch, weil das nicht üblich ist. Sep wunderte sich, warum sich die Deutschen so schwer taten im Umgang mit den Türken, wo doch die Türken traditionell seit eh und je ihre Partner waren, z. B. in allen Kriegen. Wo dieses Land und seine Bewohner so viel Vertrauen in Deutschland gesetzt hatten. Sie konnten es Sep nicht erklären.

Und dann kam Dschingis (ohne Khan) mit Karin. Er freute sich, Marlies und Bernhard zu sehen, die er an seinen Freund Sep vermittelt hatte. Nun waren sie seine Freunde. Karin hatte in Dschingis den Mann ihres Lebens gefunden, sagte sie zu Marlies. Vielleicht würden sie heiraten. Karin war durchaus keine unerfahrene Frau. Sie musste wissen, was sie tat. Im Laufe der nächsten Jahre trafen sie mehrfach Dschingis bei Sep. Und immer mit einer anderen, netten Frau, die jedes Mal in ihm den Mann fürs Leben sah. Sep schüttelte nachdenklich seinen Kopf und Marlies und Bernhard gaben keinen Kommentar. Dschingis war schließlich ihr Freund. Jedes Mal, wenn er sich von ihnen verabschiedete, weinte er und hoffte auf ein Wiedersehen mit ihnen, seinen Freunden.

Sep beschloss einen Ausflug mit seinen Gästen. Zur Felsspalte. Dorothee, Friedrich, Bernhard und Marlies krochen in sein schrottiges Auto. Er rumpelte mit ihnen über staubige Landstraßen zu einem Bauerndorf. Bernhard hatte Geburtstag, dies war das besondere Geburtstagereignis. Das Bauerndorf bestand aus einem zerfahrenen Weg mit tiefen Furchen, links und rechts standen windschiefe, verschlagartige Hütten. Hühner und Ziegen liefen zwischen den Hütten und viele Kinder. Sep holte sich von einer Familie einen Schlüssel für ein Badehaus an der Felsspalte. Das war ein gemauertes Haus mit Unkleideräumen, links für Männer, rechts für Frauen. Man konnte seine Kleider an Haken hängen. Leider gab es in dem Badehaus keinen Strom. Aber es standen dort Kerzen. Marlies holte eine Taschenlampe hervor. Vom Badehaus führte ein Stufengang, der wegen des Stromausfalls nicht beleuchtet war, tief in die Erde hinein. Mit Hilfe der Kerzen und der Taschenlampe konnte man die Stufen gut erkennen. Und am Ende des Ganges kam man an eine Erdspalte, durch die warmes Wasser hindurch lief, das in einer unterirdischen Höhle zu einem Badebecken wurde. Am Ende der Erdhöhle verschwand das Wasser dann wieder in unterirdischen Gängen. Eine Holzleiter führte hinab in das Badebecken. An der Decke hingen Seile, an denen man sich festhalten konnte. Die letzte Sprosse der Badeleiter fehlte. Aber man konnte trotzdem ganz gut in das Warmwasserbecken hinunter klettern. So hängten sie sich alle an die Seile und ließen sich bis zum Hals in das in der Erde erwärmte Wasser hinunter gleiten. Weil Bernhard Geburtstag hatte, sangen sie ihm Geburtstagslieder, der Gesang schallte durch die unterirdischen Höhlengänge. Als sie in die Nil-Pension zurück kamen, hatte Yasa einen Geburtstagskuchen gebacken und mit vier Kerzen dekoriert. Bernhard musste die Kerzen auspusten. Dann aßen sie alle den Geburtstagskuchen von Yasa für Bernhard.

An einem anderen Tag führte Sep sie nach Tlos. Das war ein Riesenhügel mitten in einer weiten Sonnenlandschaft. Und auf diesem gab es eine Anhäufung von Mauerbögen,

Ruinen einer Burg, Grabkammern, die vollständig frei gelegt waren. Sie schauten und schauten von oben in die faszinierende Weite, die am Ende wieder von Bergen begrenzt wurde. Sep legte sich in eine Grabkammer und winkte fröhlich daraus hervor. Marlies setzte sich auf den steinernen Rand, damit Bernhard ein Foto von ihnen beiden machen konnte. Von Tlos aus soll das fliegende Pferd Pegasus gestartet sein. Das war hier wirklich ein guter, übersichtlicher Startplatz für eine fliegendes Pferd.

Vor dem Aufstieg zur Burgruine gab es kleine Gastwirtschaften, einfache Gemäuer mit Tischen im Freien. Sep führte sie in eine der Kleinstwirtschaften und bestellte für sie alle gebackene Forellen mit Johannisbeersauce, ganz lecker.

Den Besuch des traumhaft weichen Strandes von Patara machte Bernhard noch mit. Dann weigerte er sich, noch irgend ein altes Gemäuer anzusehen. Für ihn sah eine antike Stadt oder ihre Reste wie die andere aus. An der langen, türkischen Küste gibt es davon unzählige. Er ließ den Reiseleiter Sep mit seinem schlauen Buch und seinen interessierten Gästen Xantos besichtigen und setzte sich in eine Kneipe und trank Bier, bis sie ihn dort wieder abholten.

Lieber war ihm da schon die Fahrt mit den kleinen Ausflugsschiffen durch die Inselwelt der Bucht von Fetiye. Erst konnte man bei Ayse sein Bier trinken oder seinen Kaffee und dann zum Anleger schlendern. Und dann konnte man eines dieser kleinen Schiffe besteigen, das einen Tag lang von Insel zu Insel fuhr, zwischendurch zu einem Schwimmstopp ankerte und dann die nächste Insel ansteuerte. Zum Beispiel den Kleopatrastrand. Dort konnte man im klaren Wasser die Ruinenreste erkennen aus der Zeit, als Kleopatra das Land besucht hatte. Man konnte an Land gehen und in einer offenen Pinte Raki trinken. Der Wirt sagte, immer wenn deutsche Gäste kommen, wollen sie Raki trinken. An Bord gab es dann Cig Köfte, scharf gewürzte Fleischbällchen, weißes Brot, Salat und Schafskäse. Und Cay, den schwarzen Tee im Glas.

Sep und Yasa arbeiteten an einem Großprojekt für ihre Zukunft. Sie wollten eine eigene Pension. Die Baustelle lag in Tasyaka, einem Ortsteil von Fetiye, in einem Tal auf dem Weg über die Berge nach Ölüdeniz. Bernhard und Marlies mussten die Baustelle besichtigen. Es fiel ihnen auf, dass viel Eisen in die Betonmauern eingebracht wurde. Sep sagte, dass sei notwendig wegen der Erdbebengefahr. Was ihnen einleuchtete. Außerdem war Sep Ingenieur, er konnte das am besten beurteilen. Yasa war besorgt. Würden die Gäste auch in diese Pension kommen, die weiter ab von der Stadt lag. Sep wischte die Bedenken weg. Der Bauplatz war gut.
Durch das Tal wehte immer ein kühles Lüftchen. Hier war es auch im Sommer erträglich.

Im nächsten Frühjahr waren Marlies und Bernhard die ersten Gäste in der neuen Pension. Die Zimmer waren einfach, die Betten gut, es gab einen richtigen Schrank. Toilette und Dusche bildeten eine Einheit. Der Abfluss war in den Boden eingelassen. Das aus mehreren Etagen bestehende Haus hatte auf dem Dach eine riesige Terrasse mit einer vollständigen Küche, der Sommerküche. Man saß dort oben und genoss den Blick über das gesamte Tal bis hin zur Stadt und auf der anderen Seite hinauf zur Bergkette, hinter der Ölüdeniz lag. Im Erdgeschoß gab es einen großen Wohn-/Speiseraum, dazu gehörte eine zweite Küche, die Schlechtwetterküche. Der Name Nil-Pension wanderte mit.

In der Pension arbeiteten noch die Handwerker. Freunde der Familie aus Ankara, die die Restarbeiten erledigten. Außerdem richteten die Männer eine Wohnung her, die Hermann gekauft hatte in einem neuen Wohnblock ganz in der Nähe. Hermann hieß eigentlich nicht Hermann, er hatte einen türkischen Namen, der ähnlich klang. Er hatte sich eine Wohnung gekauft, denn er war nach jahrelanger Berufstätigkeit in Deutschland jetzt Rentner und wollte wieder in der Türkei leben. Marlies und Bernhard mussten die neue Wohnung, die groß und komfortabel war, ansehen.

»Ihr könnt euch doch auch eine Wohnung hier kaufen«, sagte Hermann, »In Deutschland haben wir mit euch gelebt, hier könnt ihr mit uns leben«. Alles hörte sich ganz einfach an. Sep versprach Bernhard, ihm fünf junge Frauen zu besorgen, Marlies könnte die Oberaufsicht behalten. Bernhard wollte lieber ein Boot anstatt der Frauen. Und so fuhr Sep mit ihnen zur Bootswerft, wo sie ein gebrauchtes Holzboot mit neuem Motor begutachten konnten. Aber dann dachte Bernhard an sein Dorf in Deutschland, an seine Freunde, an sein Stammlokal und seinen Lieblingsplatz am Tresen. Dorthin wollte er zurück kehren, dort war ihm alles vertraut, dort kannte er seine Umgebung und die Menschen.

Der Abfluss in der neuen Pension funktionierte nicht. Der Speiseraum stand unter Wasser. Yasa heulte, Sep fluchte und telefonierte mit der Stadtverwaltung von Fetiye. Die schickte einen Pumpenwagen, um die Abflüsse frei zu bekommen.

Nach mehreren Versuchen stellten die Arbeiter fest, dass die zentralen Abflussrohre gebrochen waren und der Abfluss gar nicht funktionieren konnte. Sep besorgte sich einen kleinen Bagger und hob neben dem Hauseingang, wo die Rohre aus der Hauswand austraten, eine Grube aus. Ein Erdloch ohne besondere Abstützung der Seitenwände. Über die Grube legte er eine Drahtmatte, über die Drahtmatte Abdeckplatten. Zur Probe sprang er auf der Abdeckung hin und her wie ein Gummiball. Dann befüllte er die Abdeckung mit Erde und pflanzte Rosen über der Grube an. Bernhard erklärte er, dass diese Art Sickergrube für die nächsten Jahre reichen würde. So einfach kann das Leben sein. Ein Ingeniör macht es sich manchmal nicht schwer.

Celeste war per Bus aus Ankara angereist, um das neue Haus ihrer Kinder anzusehen. Sie war die Mutter von Sep und lebte sonst in Ankara in der Nähe ihrer Tochter. Jetzt saß sie, die alte Frau aus Ankara, auf der neue Terrasse und schaute in das weite Tal. Um den Kopf hatte sie ein Tuch geschlungen in der Art, wie die Frauen es nach dem Krieg in Deutschland trugen. Sie lächelte, als die Deutsche sich zu ihr setzte. Lächeln war ihr einziges Verständigungsmittel, sie hatten keine gemeinsame Sprache. Celeste hatte in Deutschland gelebt, als ihre Enkel sehr klein waren. Sie versorgte sie, wie es für sie selbstverständlich war. Aber die Sprache des fremden Landes hatte sie nicht erlernt. Die Frau aus Deutschland holte ein Buch »Türkisch für Deutsche«. Celeste las ihr die Texte vor, die deutsche Frau sprach das Vorgelesene sorgfältig nach. Und dabei dachte sie, dass ihr Gehirn ganz schön voller Löcher sei. Es wollte nichts hängen bleiben. Sie fand es nicht einfach, sich in diese Sprache hinein zu hören, sie gar zu erlernen. Aber gemeinsam mit Celeste würde sie es sicher packen, wenn sie nur ein bisschen mehr Zeit mit einander hätten.

Merale war eine Hauswirtschaftslehrerin in einer kleinen Dorfschule für Mädchen. Sie wollte Marlies die Schule zeigen, und Marlies wollte die Schule gerne sehen. Ein weiß getünchtes Haus, in dem es einen großen Raum gab mit uralten Nähmaschinen. Hier lernten die 12 – 15-jährigen Mädchen das Nähen. Marlies staunte, mit welcher Geschicklichkeit sie sich an das Auftragen von Blumenmustern auf Stoff und an das Sticken mit der Maschine machten. Die Musterbücher waren alt und zerfetzt. Aber sicher ganz wichtig als Unterrichtsgrundlage. Die Mädchen und eine weitere Lehrerin freuten sich über den Besuch. Ein etwa 15-jähriges Mädchen erklärte ihnen ganz stolz, dass es bald heiraten würde. Sie stellten sich alle zu einem Gruppenfoto auf, von dem sie dann alle einen Abzug als Geschenk bekamen.

Dann fuhr Merale mit Marlies und Bernhard zu einer Bauernfamilie, die auf Gemüseanbau spezialisiert war. Freundliche Frauen kochten sofort Kaffee für die Besucher. Es gab Gewächshäuser mit Tomaten und auf den Feldern Artischocken und Auberginen. Das Bauernhaus war ein weißes Klotzhaus, ein quadratisches Haus, das man ohne Probleme aufstocken kann. Auf dem obersten Stockwerk, auf dem Flachdach, wird eine Terrasse eingerichtet, über die sich meistens Weinlaub rankt. Merale und Yasa kauften ihr Gemüse für das tägliche Essen bei dieser Bauernfamilie.

Es war wieder Frühling in Fetiye. Yasas Befürchtungen hatten sich als unbegründet erwiesen. Ihre Gäste waren ihnen in die neue Nil-Pension gefolgt. Auf dem Hinweisschild stand jetzt »Nil-Pen on«, es fehlten ein paar Buchstaben, was Sep aber nicht bedeutend fand. Sie würden sie schon finden, ihre alten Gäste. Bernhard und Marlies waren mit dem Dolmus in die Stadt gefahren bis zur Post. Dann gingen sie über den Parkplatz zur Hafenpromenade, um bei Ayse etwas zu trinken. Aber die Fenster der kleinen Pinte waren zugenagelt. Auch das Teppichgeschäft von Cenap gab es nicht mehr. Sie waren traurig. Etwas lustlos schlenderten sie an der Hafenpromenade entlang in die Altstadt. Bis sie diesen Ruf hörten: »Hallo, hallo !!!«

Wer konnte hier, in dieser fremden Stadt, nach ihnen rufen. Es war Ayse, die dort stand und lebhaft winkte. Und sie dann mitten auf der Straße herzlich umarmte. Sie hatte jetzt ein anderes Lokal, in der Altstadt, zusammen mit ihrem Mann und ihrem Vater. Und dort mussten sie unbedingt hin. Es ging ein paar Stufen hinauf zu einer überdachten Terrasse. Von dort konnte man auf das Altstadtleben herunter schauen, auf das alte Badehaus und die Moschee und viele Teppichläden. Sie konnten also wieder ihr Bier oder ihren türkischen Kaffee trinken morgens bei Ayse, bevor sie ein Dolmus über die Berge nach Ölüdeniz oder an einen anderen Ort brachte.

Marlies hatte kaputte Schmuckstücke von zu Hause mit gebracht, die sie in Fetiye reparieren lassen wollte. Und Sep sagte, dann gehen wir zu Onkel Mehmet. Onkel Mehmet hatte ein Schmuckgeschäft in der Nähe der Markthallen. Zu seinem Laden gehörte eine Werkstatt mit einem Goldschmiedemeister. Zunächst aber mussten sie im Laden von Onkel Mehmet Tee trinken. Marlies ging an dem vielen Goldschmuck in den Schauvitrinen vorbei und wurde ganz aufgeregt. Diese Anhäufungen von Gold machte sie jedes Mal unruhig. Sie konnte sich nicht daran gewöhnen. Im Geschäft ging es lebhaft zu. Türkische Männer und Frauen ließen sich Goldschmuck zeigen und kauften ihn dann. Für türkische Frauen ist Gold traditionell Sicherheit fürs Leben. Es ist ihr Grundvermögen, Schutz gegen schlechte Zeiten. Schutz gegen die hohe Inflationsrate, die das Land schüttelte. Dazu kamen viele Touristen in den Laden und kauften den Goldschmuck, der nach Gewicht berechnet wird. Der Werkstattmeister sah sich die zerrissene Kette an. Eine Bernsteinkette. Die Bernsteine wurden durch eine Silberkette mit einander verbunden, die leider zerrissen war. Onkel Mehmet ließ aus einem Silberwarenladen auf dem Basar eine Silberkette holen, der Meister ersetzte die zerrissene Kette. An ein anderes Schmuckstück, eine Granatkette, wurde eine neue, feine Goldkette angebracht. Marlies suchte die Ketten aus, und der Meister verschwand mit den reparaturbedürftigen Schmuckstücken in der Werkstatt. Alles war sehr preiswert. Onkel Mehmet fragte Marlies, ob sie noch etwas kaufen wolle. Vielleicht am letzten Urlaubstag, meinte Marlies. Onkel Mehmet fand, dass das kein günstiger Termin sei, besser man kauft gleich. Marlies zeigte auf ein Armband, das fand sie schön. Onkel Mehmet wog es ab, sagte ihr den Preis und sie kaufte dieses goldene Schmuckstück. Sie zeigte Yasa ihren Neuerwerb, denn Yasa hatte sehr viel Sinn für Goldschmuck von wegen Zukunftssicherung.

Abends saßen sie mit Sep, Dieter, Jürgen, Andrea und ihrem Bruder am großen Esstisch. Yasa brachte ihnen türkische Speisen und setzte sich nicht zu ihnen. Es gab:

Gefüllte Weinblätter

½ Pfd. Gemischtes Hack, 1 Tasse Reis, 1 Bund Petersilie, 2

Zwiebeln, Paprika, 2 Tomaten mittelgroß, Pfeffer, Tomatenmark. Ein festes Gemisch erstellen. Weinblätter aus der Salzlake nehmen. Gemisch in die Weinblätter einrollen. In eine feuerfeste Form legen. Etwas Wasser hinzusetzen. Im Ofen garen lassen. Ganz wenig kochen.

Rote Linsen Suppe
Rote Linsen, Kartoffeln, Zwiebeln, Tomaten, Pfefferminze. Kein Fleisch.
Alles kochen, kochen. Durch ein Sieb rühren, abschmecken. Noch einmal aufkochen, auf die Teller füllen. Einen Löffel erwärmtes Fett mit Chilli auf die Suppe geben.

Sie sprachen über das Leben und den Tod und ob Sep sie in der Türkei verbrennen lassen könnte, wenn sie hier verstürben. Es wäre doch viel einfacher, in einer Urne als in einem Sarg zurück zu reisen. Sep erklärte ihnen, dass das nicht mit seiner Religion vereinbar sei. Am nächsten Morgen, als sie alle am Frühstückstisch saßen, bat Dieter sie, nie wieder abends über ein solches Ablebethema zu reden. Er konnte die ganze Nacht nicht richtig schlafen. Alpträume hatten ihn geschüttelt. Dieter war seit Jahren Gast in der Nil-Pension. Als Techniker war er durch die ganze Welt gereist. Bei Sep und Yasa fühlte er sich immer gut aufgehoben. Man konnte ihn als »bunten Hund« bezeichnen. Er kannte so ziemlich alle Markthändler. Bei jedem machte er eine kleine Pause und trank einen Raki. Manchmal wurde das zuviel, dann ging es ihm schlecht und Sep musste einen Arzt holen. Aber nach Sterben stand ihm noch nicht der Sinn.
Bernhard feierte wieder einmal seinen Geburtstag in der Nil-Pension. Und alle nahmen an der Feier teil, Sep und

Yasa, Merale und Hüseyin, Sinem, Dieter, Jürgen, Andrea und ihr Bruder. Und Hamdi, ein Freund aus Ankara, der im Haus mit half und sehr nett war. Sie brachten Geschenke für Bernhard, zwei Tonfiguren, die wie Oma und Opa auf dem Sofa aussahen, einen selbst gehäkelten Wandschmuck und eine kleine Atatürkbüste in Silber. Jürgen, langjähriger Gast in der Nil-Pension, ging in den Keller und holte Rotwein herauf. Die Flaschen waren angestaubt. Sep hatte sie irgendwann einmal günstig eingekauft.. Weinverständnis besaß er nicht. Der Wein schmeckte wunderbar. Yasa brachte einen Geburtstagskuchen mit einer Kerze. Bernhard musste wieder pussten. Alle waren fröhlich, und so wurde es eine schöne Geburtstagsfeier.

Vor Ayses Kneipe in der Altstadt hatte ein kleiner Schuhputzer seinen Firmensitz.

Sie trafen ihn dort jeden Tag. Und wenn er sie sah, rief er jedes Mal:

»Alles umsonst, nur nicht heute«. Und er sah auf ihre Schuhe aus Wildleder, die sie nicht putzen lassen wollten. Er bedauerte das sehr. Vor ihrer Abreise sollte er eine Schuhpflege machen, das versprachen sie ihm. Einmal luden sie ihn zu einer Coca-Cola in ein Strandcafe ein. Er nahm stolz zwischen ihnen Platz. Der Kellner lief aufgeregt an dem Tisch vorbei. Denn ein kleiner Schuhputzer hatte in dieser Gaststätte nichts zu suchen. Bernhard und Marlies bewachten ihren kleinen Gast. Sie duldeten es nicht, dass er weg geschickt wurde. Er war ihr Freund. Nach dem Getränk verabschiedete sich ihr Gast. Er nahm seine Arbeit sehr ernst. Zur Schule wollte er nicht. Er hatte doch seine Arbeit. Selbstverständlich ! Offensichtlich war er ein guter Geschäftsmann. Vor ihrer Abreise erteilten sie ihm den Auftrag, ihre Schuhe zu putzen, wie vereinbart. Sie setzten sich in ein Gartenlokal am Hafen und mussten ihm ihre Schuhe geben. Er reinigte sie mit einem Schwamm und etwas Seifenwasser, stellte sie in die Sonne zum Trocknen und raute das Wildleder dann sorgfältig auf. Die Schuhe sahen aus wie neu. Seine Kollegen, Jungen in seinem Alter oder ein bisschen älter, saßen hinter den Büschen und beobachteten die Geschäftsabwicklung. Bernhard rollte das Geld zusammen, das sie ihm gaben.

Ein Geschäft unter Freunden, wie sie es vereinbart hatten.

Merale hatte Weinblätter gepflückt, die glatt gestrichen und dann geschichtet wurden. Zwischen die Schichten streute sie Salz. Dann holte Yasa einen Plastikbehälter mit einem Schraubdeckel. Die Blätter kamen dort hinein und wurden aufgegossen. Das gleiche Verfahren wie das Einlegen von Salzgurken. Der Bottich war für Marlies, damit sie zu Hause gefüllte Weinblätter kochen konnte. Es half kein Sträuben. Das Geschenk musste sie mitnehmen. Der Abschied wurde wieder herzlich, schmerzlich und tränenreich. Würden sie es schaffen, im nächsten Jahr wieder zu kommen. Alle hofften es. Marlies saß im Flugzeug und hielt den Bottich mit den eingelegten Weinblättern mit den Beinen fest. Irgendwann, dachte sie, irgendwann werde ich reisen wie eine richtige Türkenfrau, mit Plastikbeuteln und vielen Taschen und Tüten. Und sie fand den Gedanken nicht schlecht.

Zwei Erwachsene – 1 Kind

Ein deutsch-türkischer Sonntagsausflug

Sicher gibt es unter den Menschen spontane Sympathien, zwischen Deutschen und Ausländern, zwischen Erwachsenen und Kindern. Vielleicht lief irgend so etwas hier ab.

Sie trafen Sinem mit ihren Eltern, den Freunden von Yasa und Sep, in der Nil-Pension. Klein, mager, glattes, schwarzes Haar und lebhafte, interessierte Augen, pechrabenschwarz. Sinem war offensichtlich neugierig auf diese Leute aus Almanya. Es dauerte auch nicht lange, bis sie ihnen ihr Schulheft zeigte. Erste Lektion Deutsch/Englisch. Sie besuchte die Schule in der türkischen Hafenstadt Fetiye. Als Jüngste aus dem Familien- und Freundeskreis wurde sie von allen Erwachsenen mit Aufgaben betraut. Gläser holen, Salz fehlt, wo ist die Brille, Brot heraus tragen, Tisch kann abgeräumt werden. Sinem rannte, treppauf, treppab, leichtfüßig und schnell. Zwischendurch lächelte sie die beiden Gäste aus Deutschland an. Sie rechnete sie ganz schnell zum Familienklan.

So kam es dann zu der Einladung am Sonntag. Ein Strandtag mit Sinem in Ölüdeniz (Totes Meer), einem der schönsten und bekanntesten Strände in der Türkei.

Dazu hatten Bernhard und Marlies das Kind eingeladen. Natürlich wollte sie mit.

Aber zunächst musste darüber beraten werden, mit

Onkel, Tante, Papa, Mama. Sie erhielt die Erlaubnis, der Mann und die Frau aus Deutschland waren Vertrauenspersonen.

Sinem saß am Sonntag früh am Frühstückstisch, reisefertig, in dicken Jeans, einem langen T-Shirt, darüber einen dicken Pullover, Bei 30 Grad im Schatten. Und sie besaß keinen Badeanzug. Aber wie wollte gerne einen haben. Also bestiegen der Mann und die Frau zusammen mit Sinem einen Dolmus (stets überladener Minibus) und fuhren zum Basar. Gekauft wurde nach Augenschein. Das oberwendige Anhalten des Badeanzuges und eines Sommershirts genügten. Denn ein türkisches Mädchen wird sich nicht in einer fremden Umkleidekabine ausziehen. Badeanzug und Shirt kamen in eine Plastiktüte, und ab ging es mit dem Dolmus in Richtung Ölüdeniz. Der Minibus schnaufte das Taurusgebirge hinauf, dann wieder steil bergab, bis zu der traumhaft schönen Meeresbucht. Auf einer Landzunge findet man Restaurants, Umkleidekabinen, Erfrischungsstände. An den Umkleidekabinen tauchten leichte Schwierigkeiten auf. Sinem besaß jetzt einen Badeanzug, war aber nicht bereit, sich auszuziehen. – Nun, was gut gegen Kälte ist, ist auch gut gegen Wärme. (Altes, deutsches Sprichwort.) Deutsche bevorzugen leichte Freizeitkleidung am Strand, eine kleine Türkin schützt sich mit dicken Kleidern gegen die Wärme.

So erreichten sie zu Dritt ihre Strandliegen mit Sonnenschirm. Türkische Kinder unterscheiden sich bei Sonntagsausflügen nicht von deutschen Kindern. Laut Lexikon von Langenscheid hatte dieses Kind Hunger (Hamburger), Durst (Fanta) und war den sonstigen Angeboten der Strandhändler zugetan (Fettlippenstift mit Erdbeergeschmack). Wie in Deutschland besorgte der Mann das Essen und die

Getränke, während seine beiden Damen (Ehefrau und Mädchen) sich auf den Liegen unter dem Sonnenschirm ausstreckten.

In Deutschland sind die Männer überwiegend die Lenker von Tretbooten. Nicht so in der Türkei, denn der Ruf eines kleinen Türkenmädchens darf nicht ruiniert werden. Also war es die Frau, die von Sinem zum Tretbootfahren auserkoren wurde. Nichts wie rauf auf den doppelten Plastikdelphin, und ab ging die Fahrt durch die Bucht und Lagune von Ölideniz. Vorsorglich hatte sich die Frau beim Bootsverleiher erkundigt, wie so ein Trampelschiff zu handhaben ist. »Wenn Sie einen Führerschein haben, dann werden sie damit zurecht kommen«, erklärte er ihr, bevor Frau und Mädchen in See stachen. Dem zurück bleibenden Ehemann blieb das Nachsehen und die Aufgabe, Erinnerungsfotos zu knipsen. – Wunderschön, diese kleine Rundfahrt durch die von Felsen umrahmte Bucht. Das Kind saß sehr still auf seinem Platz, sehr zur Beruhigung der Frau, die nicht wusste, ob Sinem schwimmen konnte. Erst beim Anlanden des Delphins stieg das Kind etwas unkonventionell aus. Es sprang mit voller Bekleidung über Bord, plantschte kreischend und vergnügt im warmen, klaren Meer. Es winkte der Frau zu, auch ins Wasser zu kommen. Sie folgte dem Kind, es begann eine Wasserschlacht wie in allerschönster Jugendzeit. Und dann stand es da, das Mädchen Sinem, klatschnass und frierend und schwarz wie Hans Huckebein, der Unglücksrabe. Jetzt kam die große Stunde des neuen, trockenen Badeanzuges. Die Frau winkte mit der Plastiktüte, das Mädchen nickte. Gemeinsam zogen sie, bewaffnet mit Badetüchern, zur Umkleidekabine. Und kamen heraus in trocknen Anzügen. Das Kind trug darüber das trockene, neue Sommershirt, um den mageren Bauch und die dünnen Beine das Badetuch drapiert. Sehen konnte man nur noch zwei lange, dünne Füße. Frisch gewandet zogen sie wieder zu ihren Strandliegen, gingen zum Eisessen, genossen diesen Sonntagsausflug zu Dritt in der Bucht von Ölüdeniz. Der Mann knipste noch ein paar Fotos zur Erinnerung.

Jungfrau, Stier und Wasserfrau lieben Marmaris

Es ist die Bildzeitung vom Tag zuvor, aus dem sie sich ihr Horoskop heraus gelesen haben. Denn auf dem Basar bekommt man nur die Zeitung von gestern. Leider steht dort nichts vom großen Geldsegen. Sie werden den Aufenthalt in Marmaris nicht verlängern. Die Rückreise ist bereits gebucht. Aber vorher zählt jede Stunde hier in der quirligen Hafenstadt an der türkischen Ägäis. Gegenüber von Rhodos auf der griechischen Seite, wenn man sich die leichte Dunstschicht über der Meeresfläche und die dazwischen liegende Insellandschaft einfach weg denkt.

Hermann, der Stier, hat längst Freunde gefunden. Er palavert mit den jungen, freundlichen Kellnern, dem Kapitän des Ausflugsbootes, den Händlern im Basar genau wie mit seinen Kneipenfreunden im fernen Deutschland. Und sie strahlen ihn an und nennen ihn »mein Freund Hermann«. Die Wasserfrau Inge hat sich in Windeseile mit den Gepflogenheiten der Teppich- und Goldwarenhändler vertraut gemacht. Ihre Ringe wurden inzwischen aufpoliert und mit kleinen Edelsteinen verschönert. Im Winter wird ein kleiner, feiner Seidenteppich, angemessen beleuchtet, ihr heimisches Wohnzimmer schmücken und sie an den

Teppichhändler Haci und seine Familie erinnern. Und Jungfrau Waltraut hat längst ihre Unschuld an die orientalischen Basare verloren. Wie eine Sucht oder Sehnsucht hat es sie seit Jahren gepackt. Dort zieht es sie immer wieder hin. In die überdachten Gänge des großen Basars, der überquillt von Leder und Zeug, von Gewürzen, Teppichen, Schmuck. Sie liebt es, bei den Händlern zu sitzen, mit ihnen Cay und türkischen Kaffee zu trinken, mit ihnen zu reden, zu überlegen, zu feilschen. Nicht eilig, nur nicht eilig. Und immer führen die schattigen Gänge hinaus zum Hafen mit den Segelyachten, den Kreuzfahrtschiffen, den Ausflugskähnen und dem Gewusel und Gewimmel von Menschen im Sonnenschein. Inzwischen wurden sie katalogisiert, Wasserfrau Inge, erster Besuch in der Türkei = Touristin, Hermann Stier, mehrmaliger Besuch in der Türkei = Freund der Türkei, Jungfrau Waltraut, häufiger Besuch in der Türkei = Türkin.

Da ist Haci, der junge Mann aus der Teppichhändlerfamilie. Inges Teppich ist sein erstes Geschäft an diesem Tag und der Beginn einer Freundschaft mit Wasserfrau, Stier und Jungfrau. Inzwischen kennen sie seine Pläne für die Zukunft, wissen, dass er sehr sparsam leben muss, weil er im Winter heiraten wird. Darauf freut er sich wie verrückt. Sie schauen sich mit ihm das Foto seiner Liebsten an. Im nächsten Jahr, wenn sie wieder in der Stadt sein werden, so Gott will, dann sind sie schon jetzt bei der jungen Familie eingeladen. Für ihn gilt bis zur Hochzeit : Keine Heirat – kein Sex. Inzwischen schickt er seiner Liebsten kleine Geschenke. Und seine deutschen Freunde bewirtet er selbstverständlich mit Erfrischungsgetränken, wenn sie bei ihm vorbei schauen.

Ismail ist ein flinker Goldwarenhändler aus einer Goldwarenhändler-Familie mit einem freundlichen Mausgesicht und lustigen Augen. In seinem früheren Leben muss er Verkaufspsychologie studiert haben. Er weiß seine Waren so zu präsentieren, als sei jedes einzelne Stück aus seinem großen Sortiment gerade das ganz besondere, auf das der Kunde bis zum heutigen Tag gewartet hat. Aber bevor es ans Geschäftliche geht, muss man zusammen etwas trinken, ein Gläschen Cay.

Die drei Sterne aus Deutschland fühlen sich wohl in dieser Stadt Marmaris, in dem kleinen Hotel am Ende der Promenade. Sie beschließen, eine kleine Tagesreise zu machen zum Strand der Schildkröten. Dorthin, wo die großen Wasserschildkröten in der Nacht ihre Eier im heißen Sand ablegen. Mit einem flachen Ausflugskahn werden sie auf schmalen Wasserstraßen durch eine Schilflandschaft geschippert. Bis zur Lagune, wo Mutter und Vater Wasserschildkröte sich zur Zeit lieben und paaren. Leise, leise. Das Boot gleitet lautlos über die Wasseroberfläche. Und zur Freude der Touristen schaut hier und dort ein Schildkrötenkopf aus dem Wasser. Der Strand, die Brutstätte der Wasserschildkröten, wird aus Rücksicht auf diese vom Aussterben bedrohte Tierart nicht mehr betreten. Vor Jahren haben Umweltschützer, auch deutsche Umweltschützer, für die Unberührtheit dieser traumhaften Strandbucht gekämpft. Eine große Hotelkette wollte dort einen Ferienclub bauen. Das hat sich inzwischen erledigt.

Ein Spaziergang in die antike Stadt Kaunos, auf dem Hügel über dem seit Jahrhunderten verschilften und versandeten Hafen, wird zu einem Erlebnis für die gehetzten Menschen aus Old Germany. Dürfen sie sich hier an diesem frühsommerlichen Tag doch einmal zurück träumen in die Zeit von vor 3000 Jahren, in die Zeit der Griechen und Römer. Die Küste Kleinasiens, die Küste der Türkei, ist eine Anhäufung antiker Ruinenstädte, eingebettet in Landschaften zum Träumen.

Buzzukale heißt das kleine, hölzerne Ausflugsschiff am Anleger vor dem Hotel.

25,-- DM kostet eine Tagesfahrt einschließlich Mittagessen. Das Schiff tuckert durch die Inselwelt der türkischen Ägäis. Der Kapitän und seine Frau sind Freunde von Hermann Stier und seinen beiden Sternenfrauen. Freunde der drei Menschen aus dem rauhen Land zwischen Nord- und Ostsee. Hier genießen sie die täglich wärmer werdenden Tage. Eine Hitzeschicht stülpt sich nun schon am Tag über die Marmarisbucht und erfüllt die Landschaft mit Sanftheit und Zärtlichkeit. Geankert wird in Buchten mit tiefblauem, glasklaren Wasser. Über eine Leiter kann man vom Boot aus ins Meer und dort herum schwimmen wie einst Cleopatra, als sie aus Ägypten in die Türkei kam.

Deutschland und die Türkei, das ist eine ganz alte Freundschaft. Sagen die Türken voller Hoffnung. In Notzeiten, immer wenn es euch schlecht ging, dann haben wir zu euch gestanden, sagen die Türken. Und jetzt denken sie alles Gute in dieses Land und seine Menschen hinein. Von dort wird für sie ein Stück Zukunft kommen, ein Stück Anerkennung und Solidarität, wie es sich unter alten Freunden selbstverständlich gehört, denken die Türken. Aber die Menschen in Deutschland wissen wenig von diesen Gedanken und Hoffnungen. Für sie hat dieses große, ferne Volk der Türken aus Kleinasien, das sie so bewundert und sich ihnen so verbunden fühlt, heute noch einen ganz kleinen Stellenwert.

Momentaufnahmen

Marlies spielt Tischfußball mit ihrem Enkel. Da ist der Ferienclub an der Adria in Kusadasi in den Herbstferien. Die Familie gönnt sich eine Woche Ferien vor Beginn des dunklen, kalten Winters in Deutschland. Auf der Terrasse mit Blick auf das Meer steht das Fußball-Gerät. Marlies und Enkel Jonas nehmen die Sache ernst, jeder will gewinnen. Die Klofrau steht am Eingang der Sanitärräume, schaut ihnen zu, lächelt. Enkel Jonas ist schließlich Sieger.

Marlies geht hinüber zum Waschraum. Die Klofrau lächelt und umarmt sie herzlich. Marlies lächelt und umarmt herzlich zurück. So einfach ist Völkerverständigung. –

Marlies sitzt auf der Terrasse und schaut auf die Adria. Wie jeden Nachmittag nach dem Schwimmen. Zum Rotwein fehlt ihr noch das frisch gebackene Fladenbrot. Sie geht hinüber zu der Fladenbrot-Bäckerin, wie jeden Nachmittag.

In der Hand hält sie eine Münze. Trinkgelder gehören eigentlich in die Gemeinschaftskasse. So steht es auf dem Schild. Die türkische Frau und die deutsch Frau haben ein stilles Abkommen. Das Fladenbrot wird herüber gereicht ohne besondere Bestellung, die Hände der Frauen berühren sich dabei, das Geldstück wandert unauffällig von der einen Hand in die andere. Die Frauen schauen sich an ohne zu sprechen. Ein schöner Nachmittag ohne Worte. – Marlies und Bernhard stehen wie jeden Tag an der gleichen Stelle an der Strasse und warten auf den Dolmus, der sie zurück in die Nil-Pension bringen soll. Hinter ihnen ein Geschäft, in dem man alles Lebensnotwendige kaufen kann. Der junge Inhaber und seine Schwester sind freundliche Kaufleute. Die beiden wartenden Touristen sind in ihren Augen sicher ältere Leute. Schnell greifen sie nach zwei Stühlen aus dem Laden und stellen sie dem Mann und der Frau aus Deutschland hin. Damit das Warten Spaß macht. Ohne viele Worte und mit einem Lächeln. -

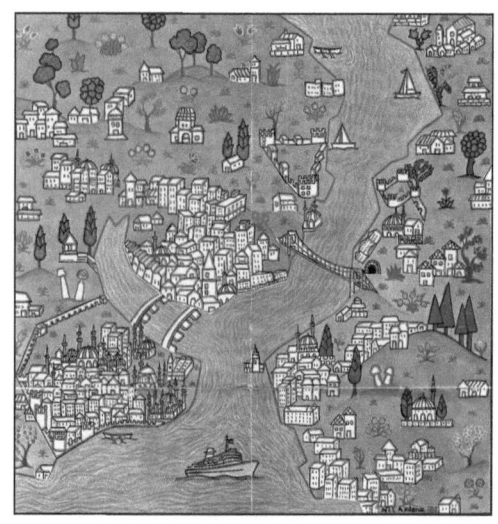

Istanbul - Brücke zwischen Europa und Asien

Ephesus - die bekannteste Ausgrabung in der Türkei

Hafen von Alanya

Hotel und Straße in Alanya

Straßencafé in Alanya

Bauerndorf

Lykisches Grabmal in Fetiye

Atatürk überall

Moschee in Fetiye

Nil-Pension

Land der Katzen

Bei Gemüsebauern

Schule für Mädchen (Hauswirtschaft)

Türkische Sprachübungen

Startplatz für Pegasus (fliegendes Pferd)

Händler überall

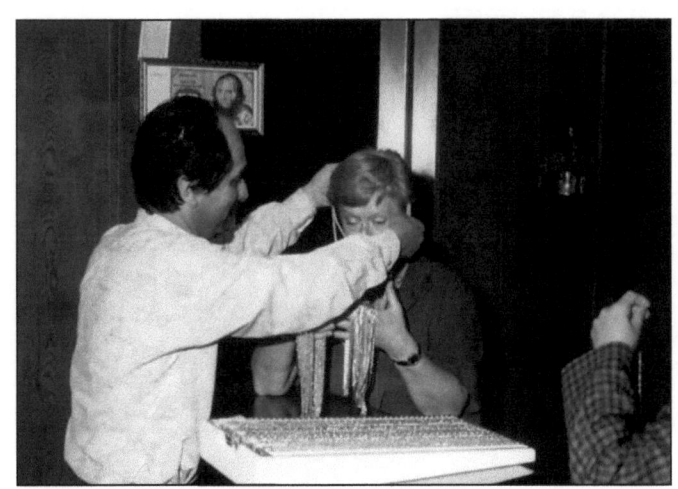

Kleiner Schuhputzer und Freund

Sonntagsausflug nach Ölüdeniz

Papas tierische Erbschaft und ein deutsch-türkisches Allerlei

Papa blickte dankbar auf sein turbulentes Leben zurück. Er war verheiratet mit Helene, der »alten Dame«, und das seit fast fünfzig Jahren. »Du bist jetzt eine alte Dame« hatte ein langjähriger Freund auf dem letzten Flohmarkt lachend zu ihr gesagt, ein fast gleichaltriger Freund, mit dem sie sich über das unaufhaltsame Älterwerden unterhalten hatte. »Dann erwarte ich von dir jetzt einen entsprechenden Respekt«, war Helenes Antwort. Und dann lachten sie wieder beide und änderten nichts an ihren bisherigen Gewohnheiten im Umgang mit einander. Nun war sie eben eine »alte Dame«.

Papa und sie hatten viel unternommen, waren gereist mit dem Auto und einem Zelt, quer durch Europa. Später dann mit dem Flugzeug und Hotelübernachtungen.

Sie hatten beide gute Berufe gehabt, nette Kinder, fünf Enkel, viele Freunde, ein Haus am Ende des Dorfes. Wo doch der Anfang mehr als bescheiden war.

Die Kriegskinderprägung begleitete sie in ihr weiteres Leben und bewahrte sie davor, ihre Wünsche an das Leben in den Himmel wachsen zu lassen.

Nun, gegen Ende ihrer Lebensreise, waren sie so auf einander eingestellt, dass es nicht vieler Worte bedurfte, um sich zu verstehen. Es war die absolute gegenseitige Verlässlichkeit, die ihnen Ruhe gab. Als Papa dann zwei Schlaganfälle erlitt mit bleibenden Schäden seiner Gehirnbahnen, er konnte sich nur noch eingeschränkt bewegen, nicht mehr richtig sprechen, nicht lesen, nicht schreiben, nicht rechnen, das nennt man Aphasie, da half ihnen die gewachsene Nähe über die Runden. Sie wusste was er wollte ohne viele Worte.

Es war jetzt ein kleines aber gutes gemeinsames Stück Leben mit viel Zeit für einander. Gemeinsam mit den Katzen und dem alten Hund. Die Tiere verstanden Papa , störten sich nicht an seiner veränderten Sprache. Seine Nähe war ihnen wichtig, seine Zuwendung, seine Liebe. Und das gaben sie ihm in großem Maße zurück.

Da gab es Robin, den Schönsten aller Kater. Er war an dem einzigen Bach im Dorf auf die Welt gekommen. Helene hatte ihn dort während eines Festes bei Freunden aufgelesen. Er wollte so gerne ins Haus, das war dort aber nicht möglich. Da ließ sie sich einen Persilkarton geben, steckte den kleinen Kater hinein, und fuhr mit ihm nach Hause.

Dann rief sie ihre Tochter an und informierte sie über den Familienzuwachs.

»Ich habe einen kleinen Kater, der aussieht wie ein echter Wildkater. Wie soll er heißen. Ich brauche einen Namen«. »Nenn ihn doch Robin, wie Robin Hood, der hat auch in der Wildnis gelebt.« Und so wurde Robin eben zu Robin und einem Teil ihres Lebens. Papa freute sich über ihn.

Robin machte zuerst zögerliche, dann aber größere Ausflüge in die Feldmark rund herum. Ein Paradies für einen jungen Kater mit Mäusen und Vögeln, die er voller Stolz vor die Terrassentür legte, wenn er sie erlegt hatte. Durch die Felder hindurch ging die Straße mit wilden Autos. Die alte Dame warnte den Kater: »Sei vorsichtig, lass dich nicht überfahren. Du sollst mit uns alt (noch mehr alt) werden.« Der Kater schaute sie mit gelbgrünen Augen an, hörte ihr aufmerksam zu und verschwand wieder im Feld. Abends rief sie ihn herein. Sie wusste, dass dann die Jäger unterwegs waren und wollte nicht, dass der Kater abgeschossen wurde. Er schlief vor dem Fernseher ein wie seine Menschenfreunde.

Robin entdeckte das Zaunkönignest in der Hecke der Nachbarin. Er räuberte es aus, die Zaunkönigkinder wurden seine Beute. Die Nachbarin war entsetzt, aber sie verzieh dem wilden Kater. Denn sie hatten sich in einander verliebt, Robin und die Nachbarin. Er erhielt von ihr einen zweiten Namen, sie nannte ihn Minkus. Wenn sie mit ihrer hohen Stimme nach ihm rief, hallo Minkus, dann schoss er quer durch den Garten zu ihr in die Küche. Dort gab es Leberwurstbrot für ihn und sonstige Leckereien. Und wenn er Lust dazu hatte, dann saß er mit ihr auf dem Sofa bis zur Dämmerung. Dann musste er heim gehen zu seiner Familie, dort war sein Platz in der Nacht.

Robin blieb nie länger weg. Nur einmal, da suchte die alte Dame ihn zwei Tage lang. Sie rief seinen Namen immer und immer wieder, sie suchte die Strasse ab, sie öffnete die Haustür und hielt nach ihm Ausschau.

Dann hörte sie ein klägliches Mauzen, das kam aus dem Dach der Nachbarin.

Robin, der auch gerne über die Dächer lief, war dort in das Dachfenster des Spitzbodens geklettert und kam nicht wieder heraus. Die Nachbarin öffnete die Innenluke zum Boden, und Robin schaute über die Kante zu den beiden Frauen hinunter. Helene stieg auf die Leiter zum Spitzboden und befreite ihren Kater aus der Falle. Alle waren glücklich.

Die Nachbarin achtete in der Zukunft darauf , dass die Dachluke geschlossen war, wenn sie das Haus verließ. Robin sollte nicht wieder in die Falle geraten.

Ein Jahr später, an einem regnerischen Septembernachmittag, fand sich ein weiteres Katzenkind im Wintergarten des Hauses ein. Es saß dort auf dem Tisch, klein, heulend, mit schmutzigem, roten Bauch und roten, wunden Pfötchen. Das feuchte Wetter war dem kleinen Kerl schlecht bekommen.

Als die alte Dame es greifen wollte, flüchtete es ins Bücherregal. Es saß in der Falle, wurde ergriffen, im Waschbecken des Badezimmers vorsichtig gebadet und in ein Badetuch gewickelt. Jetzt, warm eingehüllt und sauber, schnurrte es vor sich hin. Wieder erfolgte der Anruf bei der Tochter: »Wir haben ein neues Katzenbaby und brauchen einen Namen.« »Nennt es doch Little John, das war ein Freund von Robin Hood. Robin Hood hatte ganz viele Freunde, ihr könnt noch viele Katzenkinder aufnehmen. Namen finden wir genug.«

Little John, auch Baby genannt, hatte nicht das edle Aussehen wie Robin, der Wildkater. Er war grau im Fell mit weißem Bauch, so wie eine Allerwelts-Hauskatze eben aussieht. Robin war jetzt der Boss, der neue kleine Kater trabte hinter ihm her voller Hochachtung. Robin kletterte ins Vogelhaus im Garten und schaute von oben herab auf das kleine Katzenkind, das um den Pfahl des Vogelhauses herum sprang und sehnsüchtig nach oben blickte. Aber es durfte nicht mit hinein ins Vogelhaus, dieser Platz gehörte dem Katzenboss allein.

Robin zeigte Little John den Aufstieg bis zum Dachfirst. Und dort saßen die Beiden, ein großer und ein kleiner Kater, und schauten in die Schleswig-Holsteinische Landschaft. Den Abstieg schafften sie dann wieder gemeinsam und problemlos.

Auf der anderen Straßenseite gab es Remmie, den gelben Kater, einen alten Knurrkater, der manchmal sehnsüchtig zu seinen Katzennachbarn herüber blickte.

Aber Robin gestattete ihm den Zutritt nicht. Er teilte sein Revier nur mit dem Baby, mit Little John.

Wenn Papa und Helene auf Reisen gingen, wurden die beiden Katzen in ein Katzenhotel gebracht. Papa musste sie dort abliefern. Sie saßen jede in einem Korb und heulten Papa die Ohren voll bis hin zum Katzenhotel.

Er war völlig entnervt, wenn er sie abgegeben hatte und wäre am liebsten nie mehr auf Reisen gegangen. Er fürchtete, seine beiden Lieblinge würden ihm diese Tat übel nehmen. Aber wenn er sie abgeholt hatte, wenn sie das Haus, den Garten und die Felder wieder in Besitz genommen hatten, dann zeigten sie keinen Groll und waren froh, wieder daheim zu sein.

Als die alte Dame einmal für zwei oder drei Tage zu einer Informationsreise aufbrach, da war Robin beim Überqueren der Straße mit den wilden Autos etwas unvorsichtig. Das Vorderrad eines Fahrzeuges erwischte ihn, er wurde zur Seite geschleudert und verstarb am Straßenrand. Irgendwann kam ein Nachbar zu Papa und sagte: »An der Kreuzung liegt eine tote Katze. Die sieht so aus wie eure Katze.« Papa machte sich auf den Weg dorthin und fand Robin. Er benachrichtigte die Nachbarin und beide weinten. Dann buddelten sie gemeinsam ein Loch im Garten, wickelten den schönen grau-bräunlich-streifig gezeichneten Kater Robin in ein Badetuch und begruben ihn. Danach tranken sie eine Flasche Bier, waren ganz traurig und dachten an den verstorbenen Kater Robin.

Little John vermisste seinen Freund, er suchte ihn in jedem Winkel des Hauses und des Gartens. Schließlich setzte er sich an den Straßenrand und schaute ganz verzweifelt hinüber zu dem gelben Knurrkater. Der hatte von dem Trauerfall in der Familie irgendwie Wind bekommen und traute sich nun schrittweise über die Straße, zunächst bis zu den Autos auf dem Parkplatz vor dem Haus. Dann eines Tages bis an die Haustür und an einem Abend gemeinsam mit Baby Little John in die Stube. Die alte Dame saß ganz ruhig vor dem Fernseher und beobachtete den gelben Kater. Er beobachtete zurück.

Dann nahm er einen kleinen Anlauf und sprang auf ihren Schoß. Da saß er nun, groß, alt, gelb und ganz stolz darauf, dass er so ein mutiger Kater war.

Er nahm ihr die Sicht auf das Fernsehbild, aber sie verhielt sich ganz still.

Erlebte sie doch gerade den Vertrauensbeweis eines misstrauischen alten Katzentieres zu ihr, das war ganz schön beeindruckend. Mehr ging einfach nicht.

Ab jetzt hatte Remmie, der gelbe Kater, sich in das verlassene Revier von Robin eingeschlichen. Baby Little John hatte wieder einen Partner und wollte mit ihm toben. Das musste der alte Kater aber erst einmal üben, er hatte so viele Jahre nicht mehr gespielt.

Das schlimme an dieser Freundschaft der Katzen war, daß Remmie häufig über die Strasse lief , zwischen altem und neuem Wohnsitz hin und her pendelte.

Und Little John machte es ihm bald nach. Nur eben nicht so aufmerksam und vorsichtig wie sein alter Freund. Denn er war ja noch im Katzenjugendalter und konnte die Gefahr auf der Strasse nicht einschätzen. Das kostete ihn schließlich sein kurzes aber schönes Katzenleben. Ein Autofahrer stand abends todtraurigvor der Haustür. »Ich habe eben ihre Katze überfahren. Es tut mir so leid.

Ich habe selbst eine Katze. Aber ihre ist mir direkt vor die Räder gelaufen«.

Wieder gab es ein Badetuch, in das Baby Little John eingerollt wurde, wieder ein gebuddeltes Loch im Garten. Enkelin Katharina legte Blumen für die verstorbenen Tiere an den Gräbern nieder. Der alte gelbe Kater war nun der alleinige Herrscher im Katzenrevier. Er fand die Unterkunft im Hause der alten Dame irgendwie kuschelig und entschloss sich zu bleiben.

Biggi war ein Scheidungshündin. Ihre Familie hatte beschlossen, keine Familie mehr zu sein und sich aufgelöst. Am ärgsten betroffen waren die siebenjährige Katharina und die alte Dackelhündin. Das Kind litt unter Verlustängsten, wollte weder die Mutter noch den Vater hergeben.

Die viel älteren Brüder sahen es etwas lockerer. Sollten die Eltern sich doch streiten, was ging es sie an.

Für die Hündin gab es keinen Platz jetzt in zu kleinen, neuen Wohnungen. So kam sie zu Papa und der alten Dame ins Haus. Das waren die Großeltern von Katharina. Mit dem Kind und seinen großen Brüdern war sie hier schon oft zu Besuch gewesen. Für Papa war diese Familienarie viel zu aufregend. Nach zwei Schlaganfällen brauchte er seine ruhige Umgebung, seine Alltagsordnung. Und er brauchte Helene, die ihm jetzt die fehlenden Funktionen seines Körpers ausgleichen musste, die sein Leben oder ihr verkleinertes, gemeinsames Leben regelte. Die ihn durch die Gegend fuhr, wenn es nötig war. Aber ein alter Kater und eine alte Hündin, die waren ihm recht. Die Tiere hörten ihm zu, ließen sich von ihm streicheln mit seinen ungelenken Händen, verstanden seine unverständlich gewordenen Worte. Sie waren ihm ähnlich, denn auch sie verloren nach und nach die Kraft zum Leben. Biggi konnte mit ihren kurzen, krummen Beinen nur noch kleine Strecken laufen. Aber sie liebte Autofahrten und wurde auf den Rücksitz gehoben, wenn es zum Einkaufen ins Dorf ging. Dort lag sie ganz still, schaute mit aufmerksamen, klugen Dackelaugen auf Papa und die alte Dame und ließ sich wieder heraus heben, wenn alle Besorgungen getätigt waren.

Der gelbe Kater wurde trotz Schläue und großer Katzenlebenserfahrung eines Tages von einem Auto erfasst und lag tot am Straßenrand. »Diese Straße ist wie der Deich im Schimmelreiter, da sollte auch etwas Lebendiges eingebaut werden, um ihn haltbar zu machen. Hauke Haien, der Deichgraf, rettete den kleinen Hund vor diesem Schicksal,« dachte sich die alte Dame. Sie holte wieder ein Badetuch, der Sohn musste auf dem Friedhof der Hauskatzen ein Loch graben, Remmie erhielt sein ordentliches Grab, wie es einem alten, würdevollen Kater zusteht. Katharina legte auch an seinem Grab Blumen nieder, als sie die Großmutter besuchte. Ein paar Tage nach der Beisetzung des Katers ging die alte Dame durch ihren Garten und kam an die frische Grabstätte. Aber das war jetzt eine offene Erdhöhle mit Badetuch. Vom Kater keine Spur. Auch auf dem angrenzenden Acker war nichts von dem gelben Kater zu entdecken. »Jetzt erleben wir auch noch die Auferstehung eines Katers«, dachte sie sich und schaufelte das Erdloch wieder zu. Aber vielleicht hatte ihn auch nur ein Fuchs ausgegraben und fort geschleppt.

Jetzt hatten sie nur noch ein Tier im Haus, die alte Dackelhündin Biggi. Diese bewegte sich mühsam in kleinen Schritten. Ihre Augen aber waren rund und klar und aufmerksam, wenn sie Papas Reden anhörte. Sie verstand seine undeutlichen Worte, er liebte sie dafür. Schließlich verstarb auch sie, aber an Altersschwäche.

Papa und Helene trauerten aufrichtig um sie. Katharina legte an ihrem Grab Blumen nieder. Nie wieder wollten sie sich ein Tier ins Haus holen, zu viel Schmerz, zu viele Tränen beim Tode eines solchen Weggefährten. Warum sollten sie sich das noch einmal antun.

Grundsatzentscheidung in Kurzfassung

Drei Tage lang hielten sie diese Grundsatzentscheidung durch.

Dann sagte Papa: »Es ist zu still bei uns. Wir brauchen wieder einen Hund«.

Der Sohn und sein Freund nahmen das als Aufforderung.

Sie telefonierten durch die Gegend, erkundigten sich bei einem befreundeten Tierarzt. Dann kam der Freund mit der Nachricht : »Im Nachbardorf gibt es einen Babydackel. Den könnt ihr haben. Seht ihn euch doch einmal an«. Über Papas von Krankheit gezeichnetes, klein gewordenes Gesicht lief ein Strahlen. »Lass uns hinfahren«, sagte er zu der alten Dame. »Sofort ?« »Ja, lass uns hinfahren sofort«. So düsten sie los zur Hundebaby-Besichtigung ins Dorf nebenan. Papa blieb im Auto sitzen, das Aussteigen fiel ihm inzwischen ziemlich schwer. Die Hundebesitzerin kam mit dem kleinen Tier vor die Haustür. Ein kleiner, schwarzer, langohriger Dackel saß auf ihrem Arm und schaute total neugierig auf die beiden fremden Leute. Papa hielt seine Hände dem Hund entgegen. Der wurde auf seinen Schoß gesetzt und fing an sich zu freuen. Mit seinem ganzen Körper, von der Nasenspitze über den ganzen Körper bis zum letzten Schwanzzipfel. Der alte Mann mit seinen abgemagerten Armen und der kleine Dackel mit dicken Buddelpfoten umarmten einander und wollten sich nicht trennen. Was sie dann auch nicht mehr mussten. Einige Tage später zog der Dackel um in seine neue Familie. Das waren Papa, Helene und Enkelin Katharina.

Die alte Dame und Katharina lagen auf dem Sofa, der kleine Hund legte sich oben drauf auf die beiden. Er heulte nicht nach seiner Hundemama, er hatte eine Ersatzfamilie gefunden, das genügte ihm anscheinend. »Du bis jetzt seine Schwester, ich bin seine Mama« sagte Helene zu ihrer Enkelin.

Und alle waren glücklich. Katharina taufte ihren neuen Bruder-Hund »Lucky«, alle waren damit zufrieden. – Kurz danach verstarb Papa, friedlich und ruhig. Katharina und die alte Dame erbten den wildesten, kleinen Dackel, der je geboren wurde. Einen Powerhund voller Wärme, Liebe, Fröhlichkeit und Bewegung. Sie gaben sich alle Mühe, aus ihm einen gut erzogenen Hausgenossen zu machen. Lucky entwickelte dabei sehr eigene Vorstellungen. Papas tierische Erbschaft, dieser kleine, langohrige, schwarze Powerhund, war raumfüllend, besitzergreifend, herzerwärmend.

Papas tierische Erbschaft und die Patchworkfamilie

Helene saß nun mit Paps Erbschaft, mit dem kleinen, schwarzen Hund in einem viel zu großen Haus und graulte sich. Aber nicht sehr lange. Da stand der Sohn nach seiner Scheidung vor der Tür mit seiner neuen Patchworkfamilie einschließlich noch einem Hund und Katzen. Der Dackel freute sich wie verrückt, von der Nasenspitze bis zum Schwanz, über die neuen Familienmitglieder. Denn nun gab es zwei zusätzliche Kinder, einen großen Jungen und einen kleinen Jungen, und beide eigneten sich hervorragend zum Spielen.

Da meint man, man hat seine Kinder groß und gut auf das Leben vorbereitet, und dann geht der Schlamassel so richtig los, dachte sich die alte Dame. Für die plötzlich erweiterte Familie reichte der Platz im Haus nicht.

Helene fragte einen Mann vom Fach, einen befreundeten Bauunternehmer, was zu tun sei. Und sie beschlossen einen Anbau für eine Person mit Dackel.

Sozusagen wurde es ein Generationenhaus, was dort entstand.

Die alte Dame kam zu neuen Enkeln. Das passiert einem ohne eigenes Zutun. Neudeutsch nennt man das Patchwork-Familie. Helene hatte jetzt zwei weitere Enkelsöhne,

Mischlingskinder, wie die Jungen sich selbst vorstellten. Denn sie waren halb deutsch wie ihre Mama, halb türkisch wie ihr leiblicher Papa. Ihr Erzeuger stammte aus dem tiefsten Anatolien, hatte sich aber längst in Deutschland eingelebt. - Den Dackel freute der Familiezuwachs außerordentlich, die Jungs waren neue Spiel- und Tobepartner. Und die Hundesprache ist sowieso international und auf persönliche Zuneigung aufgebaut. Das schwarze Langohr erleichterte den Kindern das Einleben in eine völlig neue Umgebung durch uneingeschränkte Zuneigung. Hunde und Kinder richten sich unkompliziert ein in verschiedenen Welten. Den erwachsenen Familienmitgliedern gelingt das nur zögerlich.

Thomas, der ältere Junge, ein stämmiger Bursche mit dickem schwarzen Haar und schwarzen Augen, war freundlich interessiert an seiner Umwelt, nur etwas verzögert in allen Abläufen. Seit seiner Geburt war ihm eine Behinderung mitgegeben, eine Beschädigung seiner Gehirnzellen, die eine Sonderbehandlung im Alltag und in der Schule erforderlich machte. Was ihn nicht störte, denn er kannte sich ja nicht anders. »Ich bin ein bisschen dumm«, erklärte er der alten Dame in seiner nuscheligen, vereinfachenden Babysprache, » und meine Freunde sind auch ein bisschen dumm.« Seine Freunde und er wurden morgens mit einem Kleinbus eingesammelt und in die Schuleinrichtung der »Lebenshilfe« gebracht. Am Nachmittag ging es umgekehrt per Kleinbus zurück nach Hause. » Du bist nicht ein bisschen dumm«, erklärte ihm Helene, »du bist nur ein bisschen anders als andere Kinder. Aber du bist in einer ganz guten Schule, dort lernst du viele Dinge, die du im Leben sehr gut gebrauchen kannst«. Er konnte nicht lesen und nicht rechnen, dafür behielt er Bilder in seinem Gedächtnis und erklärte sich mit Bilderabläufen den Alltag. Mit Helene verband ihn eine große Leidenschaft, das Fußballgucken. Sie bildeten einen hauseigenen Fanclub in Sachen HSV oder Schalke O4, wer wird an der Tabellenspitze bleiben. Kann Bayern München im nächsten Spiel besiegt werden. Für jedes Spiel erstellte er auf einem weißen Papierblatt eine Liste, malte die Namen der spielenden Vereine aus der Zeitung ab und notierte die Ergebnisse. Ein Plakat von der Fußball-Europameisterschaft befestigte er an ihrer Flurtür. Die türkischen Wandteppiche im Wohnzimmer wurden mit den Nationalfarben Schwarz/Rot/Gold dekoriert. Wenn sie auf dem großen Sofa saßen und Fußballtabellen studierten, dann drängte sich der schwarze, langnasige Dackel zwischen sie. Er wühlte sich so lange in die Lücke, bis er seinen Platz in der ersten Reihe eingenommen hatte. »Du hast Macke«, sagte Thomas gutmütig zu dem Hund und ließ ihm seinen Platz. Und zu Helene sagte er: »Bitte Brille aufsetzen«. Denn dann erst konnte sie ihm alle Erläuterungen zu den Fußballspielen vorlesen, ohne Brille war sie ein wenig altersblind. –

Ihr Zwei-Personen-Fanclub mit Dackel kam nicht ohne Zeremonien aus. Zum Beispiel bei wichtigen Länderspielen. Thomas stellte den Übertragungszeitpunkt anhand der Programmzeitschrift mindestens eine Woche vorher fest und stand pünktlich bei seiner Patchwork-Oma auf der Matte, d.h. er nahm Platz im Ohrensessel. Gläser für Getränke hatte er schon bereit gestellt. »Jetzt kommt Vaterland«, sagte er. Das waren die Nationalhymnen der teilnehmenden Nationalmannschaften. Mit dem ersten Ton stand er vor seinem Sessel und hielt seine rechte Hand auf sein Herz, wie er es bei Besuchen von Staatsoberhäuptern im Fernsehen gesehen hatte. Die Großmutter blieb auf dem Sofa sitzen und sang die deutsche Nationalhymne mit, die türkische kannte sie leider nicht.

Sie achtete genau darauf, wer von den jungen, deutschen Spielern den Text mitsingen konnte. Bei den Trainern gab es meistens nichts zu meckern, die sangen mit.

Ihre besondere Aufmerksamkeit galt den Fußballspielen türkischer Mannschaften. Aufgewachsen in einer hessischen Familie, christlich getauft wie seine Mutter, reagierte Thomas auf Informationen über die Türkei ganz aufgeregt. Sein Vater stammte aus diesem Land, war mit 16 Jahren nach Deutschland gekommen und hatte dort geheiratet, war jetzt deutscher Staatsbürger . Dann wurde die Ehe geschieden. Thomas und sein kleiner Bruder Tim fühlten sich halb und halb, deutsch mit türkischen Wurzeln. Sie liebten ihren Vater aus der Ferne, strahlten beide, wenn er mit ihnen telefonierte. Auch hier entwickelte sich Helene zur kompetenten Gesprächspartnerin, weil sie seit vielen Jahren die Türkei regelmäßig besuchte und sich für Land, Leute und besondere Gewohnheiten interessierte. Sie mochte dieses Land, diesen Geruch verschiedener Gewürze auf dem Basar, die Schmuckhändler mit ganz viel Gold im Angebot, die Landschaft mit den Bergketten entlang der Küsten, die Freundlichkeit der Bewohner, die Einstellung zur Großfamilie. Sie interessierte sich für geschichtliche Zusammenhänge, die die Ursprünge des Christentums beinhalteten. Aber das waren die Informationen einer

Touristin. Nun, als Großmutter einer Patchworkfamilie mit direkter Familienbindung an die Türkei, musste sie ihre Rolle neu überdenken. Hatte sie jetzt neue Enkel mit deutschem Pass und Migrantenhintergrund? Oder waren es ganz einfach deutsche Kinder mit Verwandtschaft in der Türkei. Waren sie jetzt eine Problemfamilie? Wohl eher nicht, entschied sie für sich. Sie erinnerte sich an die Worte ihrer eigenen Mutter, die immer behauptet hatte, dass sich Liebe nicht verkleinert, wenn sie auf mehrere Personen verteilt wird. Sie wächst mit der Anzahl der geliebten Geschöpfe. Vorsorglich schloss sie ihre erweiterte Familie nun mit in ihr tägliches Gebet ein. Aus diesem Gebet schöpfte sie Kraft und Ruhe, wenn ihr der Alltag um sie herum aus dem Ruder zu gehen schien. Die Hauptsache ist, dass die Kinder in eine gute Schule kommen., dachte sie dann auch noch vor sich hin. Und sie fühlte für ihre neuen Enkelsöhne eine stellvertretende Verantwortung für die eigentlichen, aber entfernt lebenden Großeltern aus Hessen und dem tiefsten Anatolien. Diese Großeltern wollten sicher, dass es ihren Enkeln einmal gut gehen würde in einer schwierigen Welt. »Großmütter aller Länder, vereinigt euch. Eure Enkel brauchen dringend Unterstützung,« dachte die Patchwork-Oma Helene und erfand Unterstützungsmaßnahmen:

Zum Beispiel kann man einen Lesewettbewerb für seine Enkel in den Ferien veranstalten, um sie von der Glotze weg zu locken. »Wer mit mir das Lesen übt, der kommt mit in's Kino«. Enkelin und Enkel zetern, als ob die Großmutter ihnen ans Leben will. Sie bleibt hart. »Nur wer das Lesen übt, darf mit ins Kino«.

Sie wedelt mit einem Lesebuch für Schulanfänger hin und her, große Buchstaben, einfache Texte. Die Kinder beruhigen sich allmählich, erkundigen sich nach den Wettbewerbsbedingungen. »Jeden Tag zwei Seiten, jeder Text wird dreimal laut gelesen«. Die Kinder maulen wieder, aber dann beruhigen sie sich. Die Enkelin liest eine Seite. Nicht flüssig. Die Großmutter sagt: »Bitte noch einmal.«

Die Enkelin liest und mault. Das Lesen ist schon viel flüssiger. Die Großmutter sagt. »Noch einmal laut den gleichen Text«. Das Lesen geht jetzt flüssig.

Der Enkel will handeln. »Einmal lesen ist genug«, sagt er zu der Großmutter.

Sie sagt: »Dreimal lesen oder kein Kino«. Er haut heulend ab, beklagt sich bei seiner Mutter. Kommt wieder. Liest eine Seite laut und stotterig. Wiederholt die Seite, schon viel besser. Liest dreimal, beim letzten Mal flüssig und laut den Text. Ist total stolz auf sich. Die Trainingsmethode ist uralt und nach wie vor wirksam. Am Ende des Experimentes steht der gemeinsame Kinobesuch – Großmutter mit Enkeln. Auf diese Weise kommt sie nach Jahren wieder einmal ins Kino. Sie merkt, dass sie gute Nerven braucht, um den Kindern helfen zu können. -

Thomas entdeckte in ihrem Bücherbord ein kleines Fachbuch mit der Abbildung türkischer Teppiche. In der Mitte gab es eine einfache Landkarte der Türkei. Immer wieder beschäftigten sich Helene und ihr neuer Enkel mit der besonderen Lage des Landes zwischen Europa und Asien. Sie kannten den Wohnort der türkischen Großeltern in Anatolien. Thomas hatte sie einmal besucht. Der Großvater hatte Kühe und Schafe. Es gab ein Sommerhaus und ein Winterhaus. Und einen Trecker. Zwei Brüder des Vaters lebten in Stuttgart, eine Schwester in Amerika, die restlichen Onkel und Tanten der Kinder in Anatolien. »Bitte

Brille aufsetzen«, ordnete Thomas wieder an. Und dann saßen sie auf dem Sofa und studierten gemeinsam die Hör Zu wegen der Sportnachrichten oder das türkische Teppichbuch. Thomas war interessiert an den geografischen Zusammenhängen der Länder. Wo lag Griechenland? Wo begann die Türkei? Wo kämpfte die PKK? Wo war das Kurdengebiet? Wo endete Europa, wo begann Asien? Helene las dem Jungen die Texte vor, die er selbst nicht entziffern konnte. Er behielt jede Kleinigkeit. Wenn er in den Nachrichten Informationen über diese Länder hörte, kam er angelaufen und besprach die Ereignisse mit Helene. Als bekennende Rot-Kreuz-Frau achtete sie darauf, dass ihre Erläuterungen ohne Aggressivität bei dem Jungen ankamen.

Als Kriegskind waren gewalttätige Auseinandersetzungen für sie ein Greuel und Heldentum mehr als suspekt. »Kämpfe mit Gewehren und Panzern ist etwas für Doofe«, erklärte sie dem Jungen. »Meistens geht es dabei um den Besitz von Ölquellen oder um andere wertvolle Dinge . Dafür werden viele Menschen tot geschossen und Häuser zerstört. Probleme kann man nur lösen, wenn man mit einander spricht und verhandelt.« Der Junge hörte ihr aufmerksam zu und behielt alles. Als ein Länderspiel zwischen der Türkei und Armenien im Fernsehen übertragen wurde, erzählte sie dem Jungen, dass diese beiden Länder sich fast hundert Jahre lang angefeindet hatten wegen ganz blutiger Kämpfe unter einander.

Sie zeigte ihm die Ländergrenzen im Teppichbuch, Armenien und die Türkei haben eine gemeinsame Grenze. Heute konnten die jungen Leute mit einander Fußball spielen, das war doch super. Fanden sie beide. Das Länderspiel wurde vom Fernsehen übertragen. Die türkische Mannschaft siegte.

Sie machte sich immer wieder Gedanken über die seltsamen Windungen eines Gehirnes, über Teilzerstörungen und Funktionsfähigkeiten, die unzerstört geblieben waren bei diesem Kind . Hund Lucky ließ sich nicht abschieben. Er wühlte sich mit seiner langen, schwarzen Nase zwischen sie beide, bis er hautnah zwischen ihnen lag. »Lucky, du Macke ?«, fragte ihn der Junge. Was den Hund nicht störte. Er hatte wieder den ihm gebührenden Platz eingenommen.

Thomas träumte davon, einmal Bauer zu werden. »Wenn du gestorben bist, dann können wir hier in deinem Haus einen Kuhstall bauen. Und im Garten kann ein Schaf laufen als Rasenmäher,« erklärte er Helene in seiner undeutlichen Sprache, die sie sehr gut verstehen konnte inzwischen. In Gedanken sah sie schon die Kuh auf ihrem Sofa sitzen , die Hühner in der Küche, das Schaf auf der Terrasse. Aber wenn es ganz bunt wurde in ihrem Gehirn, dann hatte sie ja ihr Gebet.

Tim, der kleine Bruder, ein aufgeweckter, quicklebendiger, kleiner Bursche, ebenfalls dunkelhaarig, schwarzäugig, hatte die Mentalität eines Dampftopfes. Er besuchte den Kindergarten und schloss dort Freundschaften. Lucky, der Hund, war sein besonderer Spielfreund. Sie tobten auf dem Fußboden und rollten sich über einander, wie es eben Kinder lieben, Hundekinder und Menschenkinder. Der Junge lachte laut vor Begeisterung, der Dackel quiekte ebenso laut mit seiner hohen , durchdringenden Hundekinderstimme. Beide hatten sie noch viel zu große Zähne. Bei dem Jungen wirkten sie völlig unfertig in seinem Kindermund, dem Dackel wuchsen sie schön und weiß in seiner langen, schwarzen Schnauze. Damit zerlegte er alles, was er erreichen konnte. Seinen geflochtenen Schlafkorb zerbiss er in Einzelstücke bis zur Unkenntlichkeit, die Sommerschuhe der alten Dame waren bald nur noch Fragmente, nicht mehr als Schuhe zu erkennen. Die Teppiche vom türkischen Basar mussten vor ihm in Sicherheit gebracht werden, nachdem er die Ränder bereits angenagt hatte. Weil er nicht alleine sein mochte, zog er Helenes Lederjacke während ihrer Abwesenheit vom Garderobenhaken und zerfledderte das Innenfutter. Tempotaschentücher zerpflückte er auf Schneeflockengröße und dekorierte so das Wohnzimmer. Natürlich wurde er für diese Untaten ausgeschimpft. Dann legte er seinen Kopf mit den langen, schwarzen Ohren auf seine Vorderpfoten und schaute so unschuldig drein, als ob ihn diese angerichteten Katastrophen überhaupt nichts angingen.

Sie spielten mit dem Dackel Theater, die Kinder und die alte Dame.

Der Hund saß erwartungsvoll vor ihnen. Helene öffnete ihm sein Maul und sprach: » Rotkäppchen, was hast du für große Augen ? Damit ich dich besser sehen kann. Rotkäppchen, was hast du für große Ohren ? (Der Dackel zappelte schon erheblich in ihren Händen) Damit ich dich besser hören kann!

Rotkäppchen, was hast du für ein entsetzlich großes Maul. (Jetzt wollte der Dackel schon ganz und gar nicht mehr Rotkäppchen spielen) Damit ich dich besser fressen kann !!!« - Der Hund riss sich los und tobte davon, die Kinder hinterher.

Katharina besaß ein Hundebuch, ein Lehrbuch, wie man junge Hunde gut erziehen kann. Lucky hörte auf ihre

Kommandos, jedenfalls hin und wieder, aber am meisten interessierten ihn die Leckerlies in Katharinas Hand. Schwupp, verschwanden sie nach einer Übung in seinem Maul. Irgendwann werden wir reif sein für den Zirkus, dachte sich die alte Dame.

Katharina kämpfte um ihre Position in der neuen Patchworkfamilie. War sie vorher Papas unumstrittener Liebling gewesen, da ihre eigenen älteren Brüder schon ihr eigenes Leben führten, so musste sie jetzt zwei weitere Brüder, Stiefbrüder eben, ertragen und mit ihnen teilen. Das fiel schwer. Wobei Tim durchaus auch als Spielkollege nicht schlecht war. Man konnte mit ihm einiges unternehmen.

Thomas lebte in seiner eigenen Welt und war für sie als Spielpartner nicht geeignet.

Als Scheidungskind litt Katharina unter Verlustängsten.

Helene hatte sich Gegenmaßnahmen gegen die Verlustängste ihrer Enkelin überlegt. Sie kaufte ein besonders breites Bett mit Platz für sich und Katharina.

Nur wurde dieses Bett von Katharina nie genutzt. Ein schwarzer, langohriger Dackel witterte seine Chance und bezog es mit allergrößter Selbstverständlichkeit.

Das geschah dann so. Es war Abend, die alte Dame und Lucky machten es sich auf dem Sofa bequem und schauten Fernsehen. Nachdem alle Mörder entlarvt und der Gerechtigkeit zum Durchbruch verholfen war, wurden sie beide müde.

»Wollen wir schlafen gehen«, fragte die alte Dame den Dackel. Er sah sie mit schwarzen Augen aufmerksam an, gähnte, sprang vom Sofa und wackelte aus der Stube. Sie knipste die Lampen aus und folgte ihm. Nachdem er sich vorsorglich noch einmal umgeschaut hatte, verschwand er in Richtung Schlafzimmer.

Er hüpfte auf die Bettkante und schaute sie erwartungsvoll an. Sie schüttelte sich ihre diversen Kopfkissen noch einmal zurecht, zog dann die Bettdecke über sich und schaltete die Nachttischlampe aus. Jetzt streckte sie sich wohlig unter der Decke aus. Dabei formte sie ihren Körper zu einem Fragezeichen. Nun spürte sie die Aktivitäten des Hundes. Seine Nase wühlte sich unter die Bettdecke, er schnüffelte sich an ihrem Rücken hinunter bis zu ihren Kniekehlen. Dann rollte er sich irgendwie zusammen und passte sich genau in die angewinkelten Kniekehlen hinein. Warm, und weich und fellig, ein ganz lebendiges Kuscheltier zum Wohlfühlen. Es ging ihnen beiden dabei fabelhaft. Kein Gespenst störte ihren Schlaf in dem besonders großen Bett. Wenn Helene morgens aus ihrem Schlummer erwachte, dann kam es schon vor, dass sie nachts von ihrem großen Kissen zur Seite gerutscht war und irgendwo zwischen den vielen kleineren Kissen einen Schlafplatz gefunden hatte, während der lange, schwarze Dackel ausgestreckt auf ihrem Kopfkissen ruhte und noch gar nicht so richtig ausgeschlafen hatte. Sie hatten jeder für sich in der Nacht den richtigen Platz gefunden.

Der Dackel ordnete sich feste Aufgaben im Haushalt zu. Er machte sich zum Empfangschef, begrüßte jeden Gast mit freudigen Sprüngen und einem lauten, hellen Gequieke. Es half nichts, da er sich in jedes Gespräch einmischte und Aufmerksamkeit auf sich ziehen wollte, wurde er bei solchen Anlässen ins Schlafzimmer eingesperrt. Aufmerksamkeit erregen, das wollte er um jeden Preis.

Wenn Thomas mit den neuesten Fußballergebnissen auftauchte und die alte Dame ihre Brille aufsetzen musste, um ihm die Tabellen vorlesen zu können, dann tobte der Hund mit Restpapier aus dem Papierkorb durch die Stube und zerfledderte alles, bis er ein perfektes Chaos auf dem Fußboden angerichtet hatte. Schließlich drängte er sich zwischen Thomas und die alte Dame, die auf dem Sofa saßen, streckte sich und legte seinen Kopf zwischen seine Plüschpfoten.

Abseits stehen, das war nicht sein Ding. Er hielt sich für die Hauptperson in diesem Haushalt. Von Bescheidenheit hatte er in seinem Hundeleben noch nie etwas gehört.

Können Tiere sprechen? Auf ihre Art können sie schon reden, dachte sich die alte Dame. Eine Art Zeichen- oder Gebärdensprache vielleicht? Ihr Hund, der Erbschaftsdackel, äußerte sich jedenfalls lautstark, wenn er etwas wollte.

Er nervte mit seinem Quiekgebelle so lange, bis sie sich nach seinen Wünschen erkundigte. Die dann irgendwie erfüllt wurden. Und dann war er wieder der liebste, netteste Hund mit langen Ohren, Plüschpfoten und dem unschuldigsten Dackelblick der Welt.

Tim saß im großen Ohrensessel bei Helene in der Stube. Wenn sein Bruder nicht dabei war, durfte er diesen Platz einnehmen, dann rutschte er in den hohen Polsterstuhl. »Ich habe Hunger,« sagte er, »bitte zwei Brote mit Frischkäse und Salami«. Helene brachte ihm das Gewünschte. »Ich habe eine große Familie«, sagte Tim. »Ja, du hast eine große Familie«, bestätigte ihm Helene.

»Ich habe meine Mama und meinen Papa (türkisch) und Micha (neuer Stiefvater).

Ich habe Thomas und Katharina (neue Stiefschwester). »Du bist meine Patchwork-Oma«. Helene nickte zustimmend. »Ich habe meine Oma und meinen Opa in Naumburg und meine Tante und meine Cousinen. Ich habe einen türkischen Opa und eine türkische Oma und auch Cousinen und Cousins und Onkel und Tanten.« Helene bestätigte seine Aussage.

»Ich bin froh, dass ich eine große Familie habe«, sagte der Siebenjährige zu der Siebzigjährigen. Und sie fand das auch toll.

Helene und die Jungs liebten es, sich an Preisrätseln zu beteiligen. Sie hofften alle drei auf einen ganz großen Gewinn irgendwann. »Kriegen wir was ab, wenn du gewinnst«, erkundigte sich Tim, der Kleinere, vorsorglich. »Klar«, sagte Helene, »Ich will doch das Geld nicht alleine verbraten, das macht keinen Spaß. Wir Beide machen einen Plan, wenn wir gewinnen, und jeder von uns kriegt seinen Teil ab.« »Alle kriegen ihren Teil ab?«, fragte Tim noch einmal. »Jedes Familienmitglied kriegt seinen Teil«, bestätigte ihm Helene. Nun mussten sie nur noch auf den Gewinn warten.

Der Gewinn

Ein Geldgewinn war es nicht, der ihr da ins Haus kam. Auf Grund eines Glücksspiels in der **Hör Zu** (Kostenlos) flatterte ihr die Einladung zu einer Aktionsreise ins Haus : »**Eine Woche Antalya mit großer VIP-Gala**«.

Jahreszeit nach Wahl zwischen November 2008 und April 2009. Sie wählte

Mitte Januar als Reisetermin, weil es zum Jahresanfang an der Türkischen Riviera mild und sonnig ist. Mit vielen Frühlingsblumen und Orangen an den Bäumen. Da konnte man dem grauen Winter in Holstein gerne entfliehen. Die Jungs waren begeistert, dass sie in die Türkei reisen wollte und wünschten sich T-Shirts mit Fußballer- Namen. Beinahe original echt.

Hin- und Rückflug ab Hamburg kein Problem. Dachte sie und weitere ca. 30 Personen. Aber es war dann doch ein Problem, denn sie standen allesamt nicht auf dem Personenverzeichnis des für sie gebuchten Fluges nach Antalya. »Macht nichts«, sagte die junge Frau am Service-Schalter. » Kommen sie in einer Stunde wieder, dann ist alles geklärt. Im Flugzeug gibt es genug Plätze«. Eine Stunde später standen die 30 Leute wieder am Abfertigungsschalter und erhielten nun ihre Bordkarten. Das Flugzeug war besetzt bis zum letzten Platz und landete kurz nach Mitternacht auf dem reichlich beleuchteten Flughafen von Antalya. Sie liebte es, nachts in dieser Stadt anzukommen, denn nicht nur der Airport, auch die vielen Strassen und die Küste waren so festlich ausgeleuchtet , als sagten sie ein herzliches Willkommen. Mit dem Bus ging es weiter die Küstenstrasse entlang zum Incekum Beach Resort, einem ganz neuen Hotel am Mittelmeer.

Onur war ihr Reiseleiter für die nächsten Tage. Er hakte ihre Namen auf der Teilnehmerliste ab und entließ sie in ihr Hotel. Nach dem Begrüssungscoktail ging es rasch ins Bett. Denn nach dem Frühstück sollte das Kompaktprogramm beginnen. Da gab es auch die Erklärung, wieso es zu diesem günstigen Reiseangebot gekommen war. Viele große deutsche Firmen hatten einen Finanzierungspool gebildet. Statt Werbeanzeigen zu schalten, zahlten sie Geld in einen Gemeinschaftsfond ein. Mit der türkischen Regierung hatten sie eine Vereinbarung getroffen. Die Türkei sorgte für die Bereitstellung der in Winter nicht ausgelasteten Flugzeuge, Hotels und Busse und die Beschäftigung der sonst im Winter arbeitslosen Hotelmitarbeiter. Die notwendigen Finanzierungsmittel steuerten die deutschen Firmen aus ihrem Gemeinschaftsfond bei. Sinn der ganzen Sache war das gegenseitige Bekanntmachen zwischen Deutschland und der Türkei. Und ganz nebenbei der Verkauf von Waren im Schmuckzentrum, Teppichzentrum und Lederwarenzentrum. Was selbstverständlich in der Entscheidung jedes einzelnen Reiseteilnehmers lag. - Helene sah diese Reise als angenehme Abwechslung an, denn sie hatte sich mit der Türkei seit mehr als 15 Jahren regelmässig vertraut gemacht. Die ganze traumhafte Küste rauf und runter. Sie liebte dieses schöne Land mit seiner aufregenden alten Kultur und seinen freundlichen Bewohnern.

Reiseleiter Onur, 40 Jahre alt, sprach ein perfektes Deutsch. Er war in Bonn zur Schule gegangen, weil sein Vater dort jahrelang als Berater für die Regierung gelebt und gearbeitet hatte. Sein Abitur hatte er an der deutschen Schule in Istanbul gemacht, danach Touristik und Sprachen und sonst noch was studiert. Es war ihm ein Anliegen, deutsche Bürger mit der modernen Türkei vertraut zu machen. Mit der Türkei, in der seit dem Staatsgründer Atatürk die Religion und der Staat streng getrennt sind per Gesetz und das Tragen von Kopftüchern an Universitäten nicht erlaubt ist. »Wenn ihr nicht lacht, dann zeige ich euch, wie Kopftücher richtig gebunden werden. Aber ihr dürft nicht lachen,« sagt Onur. Er knotet sich ein Kopftuch um seinen Kopf in drei verschiedenen Variationen, einmal wie für ein junges Mädchen, dann wie für eine verheiratete Frau, dann noch eine andere offizielle Variante, wie es die Sitte vorschreibt. Keiner seiner Gäste im Bus lacht, alle kichern nur innerlich vor sich hin über diesen Musterknaben mit Kopftuchvariationen. »Was ihr in Deutschland erlebt mit türkischen Kopftüchern, das hat nicht unbedingt immer etwas mit Religion und Tradition zu tun. Das ist manchmal auch als Provokation gedacht«, erläuterte Onur.

Zunächst stand die Fahrt mit Bus Nr. K 7 vom Hotel nach Alanya auf dem Programm, auf der Küstenstrasse in südliche Richtung. Die Hauptstrasse war an den Rändern gepflastert mit Werbeplakaten, mit Werbeplakaten deutscher Firmen. Onur las die Aufschriften Schild für Schild vor und seine Reisegäste kamen aus dem Staunen nicht heraus. Alles Werbung in deutscher Sprache.

Helene freute sich auf Alanya, auf den Roten Turm, das

Wahrzeichen am Hafen, sie hatte die Stadt vor 10 Jahren besucht. Aber sie erkannte die Stadt nicht wieder. Sie suchte die kleinen Gassen der Altstadt und fand ein Meer von Häusern bis runter zum Hafen. Hier hatte eine unvorstellbare Bauwut stattgefunden. Auch der Rote Turm war so ziemlich zugepflastert und zugebaut. Sie flüchtete sich in den Pavillon mit Blick auf den Hafen und bestellte sich einen Türkischen Kaffee. Der schmeckte zum Glück unverändert.

Urlaub in Alanya, sie konnte es sich in diesem Moment nicht vorstellen.

Onur erläuterte die Entstehung eines Neubaugebietes. Da kommen Familienmitglieder zusammen in einem nicht für die Bebauung vorgesehenen Gebiet und errichten über Nacht eine provisorische Hütte, die sofort von der Familie bezogen wird. Eigentlich sollte sie gleich wieder abgerissen werden von der Behörde, aber sie ist bewohnt. Also wird sie nicht sofort abgerissen. Die Familie baut weiter an der Hütte und macht daraus ein festes Haus. Das ja eigentlich abgerissen werden muss, weil es auf einem nicht genehmigten Baugebiet steht. Aber dann stehen Wahlen bevor, der Bürgermeister möchte wieder gewählt werden.

Da kann man kein Haus abreißen lassen, das gibt eine schlechte Werbung. »Das ist genau wie bei Euch«, erläutert Onur. Also bleibt das Haus stehen. Inzwischen haben sich weitere Familien angesiedelt in Hütten über Nacht, die dann zu festen Häusern ausgebaut werden. Auch die sollten eigentlich längst abgerissen sein. Was eine noch größere schlechte Werbung geben würde vor der nächsten Wahl und der Wiederwahl des Bürgermeisters.

Also ist es vielleicht besser, das neu entstandene nicht

genehmigte Baugebiet in eine genehmigte Siedlung umzu-
wandeln und mit Strassen zu erschliessen.

Das ist die Geburt eines neuen Stadtteiles.

Die prächtige Tropfsteinhöhe in der Nähe von Alanya (Siehe
Prospekt) mit einer Heilquelle für Asthma- und Rheum-
akranke erlebte Helene vom Hören-Sagen. Da sie fürch-
tete, auf den vielen kleinen Stufen rauf und runter wegen
Atemnot ums Leben zu kommen, setzte sie sich ins Cafe
ab und bestellte sich Türkischen Kaffee. Das förderte ihr
Wohlbefinden erheblich. Und der Blick durch die großen
Fenster auf die Hänge des Taurusgebirges steigerte dieses
Wohlgefühl außerordentlich.

Sie war so richtig wieder in der Türkei.

Der Besuch der Karawanserei Alarahan aus dem 13.
Jahrhundert an der Seidenstrasse macht deutlich, dass
die Türkei traditionell eine Brücke zwischen Asien und
Europa bildet. Der Handel mit kostbaren Waren gehört
zu diesem Land. Die Kaufleute schlossen sich mit ihren
Lasttieren, Kamelen oder Eseln und Pferden zusammen
zu Karawanen und suchten nachts Schutz vor Überfällen
in den an der Strasse liegenden Karawansereien. Das sind
Rastplätze mit festen Mauern rund herum und Schlafpät-
zen für Menschen und Tiere innerhalb dieses Gemäuers.
Diese gut erhaltenen Rastplätze sind inzwischen Touristen-
Treffs. Gehandelt wird hier auch heute. Aber weniger mit
Kostbarkeiten als mit bunten Tüchern, Decken, Kissen,
Taschen, Lederwaren und T-Shirts, mit Reisemitbringseln
für die Familien daheim.

Die 2-Tage-Fahrt nach Pamukkale ist Pflichtprogramm

für jeden interessierten Türkeibesucher. Bus Nr. K7 bringt Reiseleiter Onur und seine Gäste bei angenehmen Temperaturen und klarer Sicht durch das Hochland von Anatolien zu den weltberühmten Kalkterrassen mitten in einer grünen Landschaft. Das Naturwunder von Pamukkale (Baumwollschlößchen) hat sich in Jahrtausenden aus kalkhaltigem Thermalwasser geformt, in großen Stufen Bassins gebildet, in denen schon die Römer badeten. Heute ist es nur erlaubt, barfuss über die riesigen Kalkflächen mit dem Thermalwasser zu wandern. Um diese Einzigartigkeit der Natur zu schützen, sind alle Hotels, die um die Thermalterrassen herum gebaut waren, inzwischen ins Tal verlegt worden. Das Thermalwasser wird in Leitungen in die Hotels gebracht, die alle dampfende Schwimmbäder haben. Die Gäste hängen in diesen Gesundheitstöpfen und dürfen sich wegen der hohen Temperaturen des Badewassers nur ganz langsam bewegen. Das Baden soll garantiert verjüngen, aber daran muss man auch glauben. Auf jeden Fall fühlt sich das Wasser super angenehm an.

Neben den Kalkterrassen liegen die Ruinen der römischen Stadt Hierapolis mit Resten von Thermalbädern, der Säulenstrasse, hunderten von Steinsarkophagen. Aber was wäre auch so ein Stück Naturwunder in der Türkei ohne die dazu gehörenden antiken Gemäuer. Was sich hier an Kultur über Jahrtausende abgespielt hat, kann man nur begreifen, wenn man sich länger mit diesem Land befasst.

Land der Fallensteller

Bevor es zur Übernachtung in das Thermal-Hotel ging, gab es den angekündigten Zwischenstopp im größten Schmuckzentrum der Region mit einer fantastischen Ausstellung, so stand es im Prospekt. Helene wusste genau, wie gefährlich für das Portemonnaie diese Ansammlung von edelsten Schmuckstücken sein kann.

»Ich habe nur zwei Hände und zehn Finger, und ich habe für jeden Finger zu Hause mehrere Ringe, für jeden Arm mehrere Armbänder, für meinen einzigen Hals mehrere Ketten. Ich brauche keinen zusätzlichen Schmuck«., sagte sie gebetsmühlenartig vor sich hin. Seit 15 Jahren bereiste sie dieses Land, nie war sie ohne kleine Kostbarkeit nach Hause gefahren. Sie liebte das Glas Türkischen Tee, das langsame Herantasten an diese wunderschönen, edlen Goldschmiedearbeiten, das riesige Angebot, die Gespräche und das Gefeilsche mit den Verkäufern. In den anerkannten Fachzentren ist man vor Schund sicher.

Der Preisunterschied zwischen den Angeboten in der Türkei und in Deutschland ergibt sich aus den niedrigen Arbeitslöhnen vor Ort . Onur gab den Durchschnittsverdienst eines türkischen Arbeiters mit 300,-- EURO an, ein Lehrer bekommt ca. 500,00 Euro. Türkische Kaufleute sind auf die Eingliederung in die Europäische Union nicht scharf, sie fürchten um ihre Konkurrenzfähigkeit, wenn die Löhne an Europa angepasst werden müssen.

Helene schlenderte mit größter Aufmerksamkeit an den vielen Schmuckvitrinen in den Ausstellungsräumen vorbei. Nur nicht zu dicht ran an die Verführung. Bald wurde sie begleitet von einem höflichen Schatten. »Gibt es etwas, was sie besonders schön finden«, fragte der junge Mann mit sanfter Stimme. Sie hatte längst ihre Entdeckung gemacht. Der Ring dort an der Seite, der wäre es gewesen, wenn sie nicht ihren innerlichen Spruch mit den zehn Fingern, zwei Armen und nur einem Hals als Gegenpol für sich aufgesagt hätte. Ein zweiter und ein dritter Verkäufer kamen dazu. »Jetzt ist keine Saison, wir können ihnen ein gutes Angebot machen«, säuselten sie alle Drei. Als dann der Chef der Schmucketage auch noch auftauchte und einen weiteren Preisnachlass gewährte, da verabschiedete sich Helene eilig.

»Vielleicht im nächsten Jahr, dann komme ich wieder hierher«, versprach sie zum Abschied. Aber der Ring dort an der Seite, der wäre es wirklich gewesen, der hätte ihr 100 Pro gefallen, dachte sie etwas wehmütig vor sich hin.

Sie suchte den Ausgang und die übrigen Teilnehmer der Gruppe. Dabei musste sie durch eine Boutique mit ganz besonderen T-Shirts. Sie dachte an ihre Enkelsöhne Thomas und Tim und suchte für sie zwei Trikots der deutschen Nationalmannschaft heraus mit dem Aufdruck »Europameisterschaft in Deutschland«. Für Thomas war es das T-Shirt mit dem Namen Podolski, für Tim ein T-Shirt im Kleinformat mit dem Namen Ballack. Damit konnte sie zu Hause Pluspunkte sammeln, das wusste sie genau.

Falle Nr. 2 war der Zwischenstopp in Tavas und der Besuch eine der »wichtigsten Teppich-Knüpfereien der Welt.« Hier erfährt man viel über die traditionelle handwerkliche Kunst. (Siehe Prospekt) und kann selbstverständlich die Kostbarkeiten auch kaufen. – Helene wusste schon viel über diese handwerkliche Kunst. Hier arbeiteten junge Frauen an den Webstühlen. Mit affenartiger Geschwindigkeit knüpften sie die Knoten. Die Kokons der Seidenraupen wurden ihnen gezeigt und das Abspuhlen der Fäden, aus denen die Seide gewonnen wird. Helene bewunderte die feine Handarbeit der Frauen und die Ergebnisse seit ihrem ersten Türkeiaufenthalt. Auf dem Fußboden in ihrem Haus und an den Wänden lagen und hingen türkische Teppiche, jeder verbunden mit einer kleinen Geschichte. Sie legte sich wieder ihren innerlichen Spruch zurecht, eigentlich hatte sie keinen Platz für ein weiteres, gutes Stück. Wobei die Teppichhändler ihr immer wieder versichert hatten, man könne türkische Teppiche auch gut über einander legen. Das wollte sie aber nicht.

Eigentlich hatte sie keinen freien Platz in ihrer Stube für einen neuen Teppich.

Aber der eine, der Läufer, in den traumhaften Farben, der könnte gut zwischen die beiden großen Teppiche passen. So als besonderer Blickpunkt.

Da lag jetzt der Wollteppich, in den der Dackel ein Loch gefressen hatte. -

Türkische Teppichhändler haben ein feines Gespür für Schwachstellen bei Kunden. Sie nehmen sofort die Witterung auf. Helene hatte sich verguckt in den schmalen Läufer mit dem besonderen Glanz. Die Verkäuferriege verstärkte sich um zwei weitere freundliche Männer. Der türkische Staat tat sein übriges, einen Verkauf zu fördern. Der angefressene türkische Wollteppich wurde in Zahlung genommen, vom Staat subventioniert. Diese Stücke gehen zurück in die Türkei an Behindertenwerkstätten und werden dort zu Patchworkdecken verarbeitet.

So die Aussage der Verkäufer. (Kleine Anmerkung: Der alte Teppich wurde nie einkassiert. Er liegt noch vor der Terrassentür). Der Kunde muss nicht gleich den Teppich bezahlen, eine Anzahlung reicht. Sie legte sich im Kopf den Finanzierungsplan zurecht. Jetzt die Anzahlung, einige Monate später die Restzahlung. Der Teppich mit dem Loch sollte zurück gehen bei Lieferung des neuen Exemplares. Bei all ihren Teppichkäufen in der Türkei hatte es bisher nie Unregelmässigkeiten gegeben. Als wieder der oberste Boss der Verkäufer erschien und noch einmal einen Preisnachlass gewährte, war sie bereit, einen Kaufvertrag abzuschließen mit Zahlungsmodalitäten und einer späteren Lieferfrist. Der ausgesuchte Teppich wurde von ihr persönlich gekennzeichnet mit ihrem Namen. Sie schrieb ihn auf die Rückseite des Teppichs. Völlig erschöpft aber glücklich fühlte sie sich nach dieser eigentlich nicht vorgesehenen Transaktion.

»Ich kann in Zukunft mindestens 10 Jahre lang täglich auf den neuen Teppich schauen und mich freuen. Das ist doch besser als ein Ring, den ich sowieso nur hin und wieder trage«, sagte sie zu ihrer Freundin. »Und wenn du ins Altenheim kommst, dann kannst du den Teppich auch noch mit nehmen«, bekam sie zur Antwort.

Die interessante Ledermodenschau im nächsten Verkaufszentrum nahm sie nur noch am Rande wahr. Keinem noch so freundlichen und aufmerksamen Verkäufer gelang es, sie in ein Gespräch zu verwickeln. Ihr Bedarf an Einkäufen war für diese Reise war absolut gedeckt.

Reiseleiter Onur, der Bus K7 und die Teilnehmer der »exklusiven VIP-Reise«
    an die Türkische Riviera stand bereit zur Fahrt zurück an die Küste bei Antalya. Onur erläuterte und erläuterte.

Er zeigte ihnen Hinweisschilder großer, deutscher Firmen. »Die türkischen Arbeiter werden nicht mehr nach Deutschland zur Arbeit gebracht. Alle großen deutschen Firmen haben hier inzwischen Produktionsstätten aufgebaut. Die Mitarbeiter kommen aus den Dörfern und Städten rund um diese Firmenniederlassungen und müssen ihre Heimat nicht mehr verlassen.« Die Verflechtung der deutschen und der türkischen Wirtschaft ist inzwischen meilenweit der politischen Zusammenarbeit , dem politischen Alltag voraus. Das sollten wir einfach einmal verinnerlichen.

Sie fuhren vorbei an Landschaft, Landschaft, Landschaft. Am Rande eines Feldes gab es einige weiße Büschel zu sehen, Reste der Baumwollernte. » Die Baumwolle wird von Frauen gepflückt«, sagte Onur. »Aber wenn ihr die Frauen bei der Arbeit seht auf dem Feld, dann müsst ihr nicht denken, dass die Männer im Teehaus sitzen. Sie sind an ihrem Arbeitsplatz in der Fabrik«.
    Jetzt, im Winter, sah man keine Frauen auf den Baumwollfeldern, dafür aber reichlich Gewächshäuser mit Gemüse und je weiter man an die Küste kam, Gemüsebeete im Freien. Das milde Klima ermöglicht drei Gemüseernten im Jahr.

Reiseleiter Onur brachte sie mit dem Bus K 7 bis ans Hotel. Zum Abschied trug er ihnen auf: »Wenn ihr auf eurem Heimatflughafen ankommt und aus dem Flugzeug steigt, dann müsst ihr lächeln. Damit jeder sehen kann, dass euch die Reise in die Türkei gefallen hat.« Helene nahm sich fest vor, diesen Spruch zu beherzigen. Zu lächeln bei der Ankunft in Hamburg. -

Zunächst aber standen noch drei Tage Urlaub ohne großes Programm im Incecum Beach Resort auf der Tagesordnung. Der schiere Luxus. Sich ins Bett schmeißen ohne auf den Wecker zu achten. Mildes Sonnenwetter im Januar an der Türkischen Riviera, Frühlingsblumen im terrassenförmig angelegten Hotelbereich, viele Treppen zum Meer hin, sitzen im Sonnenschein und auf die Wellen des Mittelmeeres schauen. Reife Orangen hängen an den Bäumen, die Bananenplantagen bieten kleine Früchte in Stauden an. Das Hotel ist neu, nach rückwärts die Küstenstrasse, nach vorne der Strand, kein großes Umfeld für einen Bummel. Aber es gibt den Fußgängertunnel unter der Hauptstrasse hindurch. Und auf der anderen Straßenseite die kleine Kneipe mit ein paar Stühlen und Tischen und einem Kaffee-Kuchen-Spezialangebot. Das reicht vollkommen. Hinter der Pinte liegen Gewächshäuser, das Gemüse der Region wird in die Hotels geliefert. Und landet dort auf den Vorspeisenbüfetts mit den vielen Salaten, Gemüsevariationen, Tomaten, Gurken, Bohnen und Käse zum Hineinknien.

Ebenso umfangreich sind die Nachspeisenbüfetts mit viel Schokopudding, Kuchen, Honiggebäck, Obstsalaten und ganzen Früchten. Die Hauptgerichte sind mit Rücksicht auf die Touristen der internationalen Küche angepasst, niemand soll hier darben. Zum Frühstück dann die Büfetts mit den großen Marmeladen- und Honigschüsseln, viele Käsesorten, einheimische Wurst, Eier gebraten oder gekocht, frisches Obst und Gemüse, diverse Salate, Yoghurt in allen Variationen und ganz viele verschiedene Brot- und Brötchensorten. Auch im Winter ist man an der Türkischen Riviera in den Hotels gut aufgehoben. Im Fernseher auf dem Zimmer laufen im ZDF die Sportsendungen zum Wochenende. Man versäumte also überhaupt nichts, hatte es nur ein paar Tage so richtig gut. -

Als das Flugzeug am Abend in Hamburg landete, fegte ein kalter Wind über das Rollfeld. Es hatte am Tag geregnet. Eigentlich war es ein typischer Winterabend in Norddeutschland. Helene dachte wehmütig an das sanfte Mittelmeerklima, die Blumen in den Beeten am Hotel, die Orangen an den Bäumen. Sie erinnerte sich an die Worte, die Onur ihnen aufgegeben hatte.

»Bitte lächeln, wenn ihr auf eurem Heimatflughafen ankommt. Damit jeder sehen kann, die waren in der Türkei, die haben es gut gehabt, die lächeln.«

Helene lächelte vor sich hin. Für sie war dieses großartige Land seit vielen Jahren eine Reise wert. Sie würde es wieder besuchen, so lange das Reisen ihr gesundheitlich möglich sein würde, insallah !!!

Die Teppichfete

Die norddeutschen Wintermonate verliefen wie gewohnt kalt, nass, dunkel, windig.

Helene und ihre Freunde in der Volkshochschule übten jede Woche Englisch in lockerer Runde, sie unterhielten sich eine Stunde in der Fremdsprache Englisch und unterstützten sich gegenseitig bei der Vokabelsuche.

»Ist dein Teppich schon angekommen«, fragten sie Helene jede Woche.

»Der Teppich kommt am 15. April« war die regelmäßige Antwort. Der Teppich wurde per UPS termingenau am 15. April angeliefert, wie Helene es vertraglich vereinbart hatte. Er lag zwischen zwei größeren Teppichen und wirkte so neu, und fremd und ungewohnt und schön. Irgendwie musste er noch eingeweiht werden, getauft werden wie ein Schiff zum Beispiel. Helene dachte an eine Teppichfete in der Volkshochschule, damit ihre Englisch-Freunde den Teppich ansehen konnten. Ihre Mischlingsenkel waren begeistert, ein türkisches Fest mit türkischen Gerichten und türkischer Musik. Die ganze Familie machte sich auf nach Kiel-Gaarden, einem Stadtteil am Kieler Hafen mit einem großen türkischen Bevölkerungsanteil. Hier kann man alles bekommen, was für die türkische Küche notwendig ist. Spezielle Gewürze, Käsemischungen, eingelegte Weinblätter, Tee, es wimmelt in den Geschäften nur so von

Türkei. - Helene stimmte sich mit den Bauchtänzerinnen der VHS ab, sie trainierten seit einem Jahr den orientalischen Bauchtanz, warteten aber immer noch auf ihren ersten Auftritt. Die Tanzkostüme mit Schleiern hatten sie allesamt selbst gefertigt.

Eine Teppichfete war die Gelegenheit, sich selbst einmal auszuprobieren.

So vermischte sich die VHS-Gruppe Englisch mit der VHS-Gruppe Bauchtanz zu einer zünftigen Teppichfete. Das gute, neue Stück »Türkische Knüpfkunst« prangte in der Mitte des Raumes auf einem Plakatstender. Orientalische Musik lief vom Band. Die Tanzgruppe hatte gut geübt und sah in ihren Schleiergewändern prima fremdländisch aus. Die eingelegten Weinblätter, gefüllten Teigtaschen, Hackbällchen und Yoghurtsauce schmeckten köstlich. Tee gab es aus Bechern, später auch Sekt. Alle waren fröhlich, und nach der Vorführung der Tänzerinnen durfte die ganze Gruppe ein wenig Bauchtanz nach türkischen Musikklängen probieren. Was mehr oder weniger orientalisch aussah und Spaß machte. - Der Teppich liegt wieder an dem für ihn vorgesehen Platz in der Mitte der Stube. Der Dackel Lucky hat strengste Anweisungen und bei Androhung der Todesstrafe, mit seinen schönen, weißen Zähne dem edlen, neuen Stück aus geknüpfter Wolle nicht zu nahe zu kommen. Bis jetzt hat er sich daran gehalten. Für das kommende Jahr liegen inzwischen drei Einladungen (Gewinne) mit gleichem Programm auf Helenes Schreibtisch. Der neue Reisetermin steht noch nicht fest.

Papas tierische Erbschaft

Händler an der Seidenstarsse heute

Pamukale ist Pflichtprogramm